鍵泥棒のメソッド

麻井みよこ

角川文庫 17530

さかあがり、六歳。

徒競走一等賞、七歳。八歳で、水泳大会二年生の部個人優勝。

九歳の秋には、区の絵画コンクールで特別ファンタジー賞をもらい、十歳のピアノ発表会では、念願のモーツァルト作きらきら星の奏者になれた。

珠算、漢字、英語その他もろもろの検定を受けた時。受験の時。

今の仕事に就いた時もそう。

私に、「やる」と決めてできなかったことが、あっただろうか。

なかった。

だから、結婚も、すると決めた。

ただ、結婚しようと決意したこと自体、予定していたことではなく、当然自分ひとりでするものではないので、不安はあった。

姉さんのように、二回結婚して一度目は失敗、二度目も危うくなって、実家に家出してくるような人も身近にいたし。

もちろん、母さんのように、生れて初めてのお見合いで父さんと知り合い、文句のない成功を収めた人もいるので、とにかく努力してみようと決めた。

そのかいはあった。

しみじみとそう思い、明日お別れするこの部屋の、見慣れた本棚を、もう一度眺めた。

ずらりと並んだ、たくさんの本たち。

たのしいたいいく。イルカ先生のスイミング入門。よいこのモーツァルト名曲えほん。えのぐはともだち。

小公女。キュリー夫人物語。赤毛のアン。

英検一級必勝マニュアルに、とっておきの勉強効率UP術に、マスコミ企業に選ばれる論文のコツ……えとせとら。

どれも、水嶋香苗《みずしまかなえ》としての、今日までの軌跡を描かせてくれたなつかしい本たちだ。

そして、この本棚に、最後に仲間入りしてもらった本を抜き取った。

この本に出逢《であ》えたからなのだろうか。

明日、私が、この日と目標に決めたとおりに、結婚式を挙げられるのは。

そんな感慨に包まれながら、そのカラフルな表紙をめくった。

ゼッタイ結婚したい女のコのための☆最短！　最強！　パーフェクトメソッド

もくじ

一、ホンキで結婚を望んだら

この本を手にしたあなた。今、ホンキで結婚を望んでる?

YES。

ワオ、うれしいな。そうだよね、女のコは、いつだってLOVEにホンキ!

それでは、これからあなたに必要な、結婚までのパーフェクトメソッドをミッチリ教えてあげちゃう。ココロして読むべし、だよ。

まず、最初にやるべきことは、ただひとつ。

アレコレ考えるのは、もう、やめ。やめ。やめっ。

行動あるのみ。

だって、すべては出逢いから始まるのだから。

私は、三十四歳にして初めて、結婚をしようと決めた。

初めての分野に取り組む時の習いで、すると決めたら、すぐに書店に行き、たくさんあるマニュアル本の中から、この本を選んで購入した。

最短で最高の結婚を目指していたし、そのためにはどうするのがベストなのかわからなかったから、完全に従うつもりではなかったけれど、とりあえず専門的なガイドが欲しかった。

ざっと読みとおしてみると、おおよそのイメージはつかめた。

なので、まずは結婚までの計画日程を立てて、それをビジネス手帳に書き加えた。

翌日から、さっそく実行に移ろうと、決意をあらたにした。

行動あるのみだ。

その日、九月三十日は、午前中に、ミーティング用の資料その一を作成した。

午後は、あちこちのサイトを調べて、吟味したいくつかに登録し、それから、昨夜立てた計画どおりに、資料その二を作った。

これで、今月やるべきことはすべてやり遂げたと、ビジネス手帳の九月のページのできた。

右端に、『たいへんよくできました』のスタンプを押した。

パタン、と手帳を閉じて、デスク回りの片づけをしていると、

「編集長」

チーフの藤木由香里さん四十一歳がやってきた。

「アルバイトの募集告知ですが、条件はどうしましょうか」

「そうですね。健康で、努力家の方であれば」

やっぱり、重要なことは、この二点だと思う。

時計を見ると、ミーティングの開始時刻になっていたので、着席している部員のみなさんに、資料その一を配布した。

「みなさん、どうもお疲れさまでした。来月のスケジュールを組みましたので、この予定どおりにお願いします」

プリントその一に、みなさんがひととおり目を通しただろうと思われた時、計画内容の発表に移った。

「それから、プライヴェートなことなのですが」

編集部内ひとり残らず、起立している私を見あげた。

「私、結婚することにしました」

一瞬の静寂。

「マジですかぁ」

「はい。結婚しても仕事はつづけますが」

「あの、お相手は」

「まだ決まっていません」

信頼おける編集部部員のみなさんをひとりひとり見回して、私は言った。

「それで、みなさんにちょっとお願いがあるんです。結婚相談所とか、有料の出会い系サイトなどにもいくつか登録はしたんですが、なるべく短期間で、たくさんの可能性を確保したいんです。ですから、だれかお知り合いで結婚を望んでいる男性がいましたら、紹介していただけないでしょうか」

「あの、水嶋編集長」

「はい谷口さん。どうぞ」

谷口肇《はじめ》さん二十九歳が、黒ぶちメガネを押さえながら立ちあがる。

「社内の男性から、立候補、したりしてもいい、んでしょうか」

彼は、編集部で唯一の独身男性だ。

とはいえ、ふだん寡黙なので、こうした質問をしてくるのは予想外だった。

けれど、回答自体は、とうに出ている。

「社内の独身男性については、ひととおり検討してみたんですが、可能性を感じられる方はいませんでした」

「そう、です、か」

谷口さんが着席すると、マジですかぁの村上優子さん二十五歳が、ふたたび発言した。

「それって、合コンとかでもいいんですか」

「もちろんです」

私は、用意していた資料その二を配る。

「これは、私がプライヴェートで使える時間をまとめたものです。合コンでも、パーティでも、なにかあればぜひ教えてください」

「あの、ご希望としてはどういった方が」

藤木チーフの質問に、「そうですね」と少し考え、やっぱり先ほどと同じように答えた。

「健康で、努力家の方、ですね」

「わかりました。みなさん、できるだけ協力しましょう。では編集長、一応、目標と

「一ヵ月以内に候補者をしぼって、一ヵ月の恋愛期間を経て、十二月の第二週あたりには結婚したいと思っているんです」

「わかりました。みなさん、がんばりましょう」

部員のみなさんから拍手を送られ、感謝をこめて一礼した。

最初の計画を実行できて、少しホッとしていた。

結婚というのは、特定の男性一名と特定の協議を重ねて達成する、共同プロジェクトのようなものだろう。

もし、結婚相手の候補男性がいない場合は、早急に男性との出逢《であ》いを増やすこと。

出逢いの手段としては、結婚相談所や、安全性の高い出会い系サイトに登録をする。

それから、人脈をフル活用する。

合コンや、信頼おける人からの口コミ紹介は、
古典的な方法だけど成功率は高い。恥ずかしがらずにドンドン紹介してもらっちゃおう！

と、本に書いてあったので、そのとおりにした。

たしかに、周囲への公言は、迷いを断つ意味でもそうだし、協力者がいるという心強さが感じられる点でも、やっておいてよかったと思う。

事実、みなさんの協力もあって、多くの男性と知り合うことができた。

ただ、手ごたえを得たかというと、結果的には、合コンもパーティもご紹介も今ひとつで、ミーティングから一週間経っても、良い方と出逢えずにいた。

そう、ここだ。

少しあせりを感じていた私は、この文章にとても勇気づけられた気がして、蛍光ペンで、このオレンジのラインを引いたのだ。

あれは、十月八日のことだった。

女のコが男のコをナンパしたって、かまわないじゃない！

「香苗、コーヒー飲むかい」

「ううんいらない」

ソファで背を向けたまま、ベッドの父に生返事をした。

この日も退社後、入院中の父を見舞いに来ていた。

とはいうものの、私は本のおさらいに夢中で、例の文章に蛍光ラインを引いたのも、この時。

「ミルにポットにネルドリップまで持ちこんで。これしきの入院で母さんも甘やかすわね」

姉さんのあきれた声がした。

「この病院の喫茶店のコーヒーは、コーヒーじゃない。よし、挽《ひ》けた。じゃあ母さん」

「はい」

個室いっぱいに、コーヒーの香りがただよう。

独特の甘みを直感する香りと、ミルが立てていた硬質な音は、ウォッシュドアラビカのエメラルドマウンテン。ハイローストだろう。

主に、父さんが不安を抱えている時に、母さんが選ぶ豆だ。

「あいかわらず、忙しそうだね」

「うん、少し」

私は本を閉じると、ベッドの父さんをふりかえった。

「その、香苗がおつきあいしてるっていう人には、いつ会えるのかな」

「え。あ、ああ」

父さんに会わせる予定日。

いつにしていただろう。

十月三十一日までに、候補者を特定。

十一月三十日がプロポーズのデッドラインで、あとは一気に結婚準備にかかる予定だから、恋愛期間の中盤、十一月の第二土曜日あたりだったかもしれない。

「あのねえ」

姉さんのいらだった声が入ってきた。

「父親に会ってほしいなんて簡単に言えるもんじゃないの。相手にプレッシャーかけることになっちゃうんだから」

「だって、結婚する予定なんだろ」

「それでもいろいろあるの。口出ししないで香苗にまかせなさいよ」

「でも、なるべく早くしてくれないと、俺、死んじゃうだろ」

「だから、死なないって言ってるでしょ。ねえ母さん、まだ信じてないの？」

「なに言ってもダメなのよ。根がこわがりだからね。すぐビビっちゃうの」

「そりゃあビビるよ。俺は、八十五までは、生きる予定なんだから」

「退院したら、ちゃんと会わせるから」

私が言うと、父さんは、不安そうにつぶやいた。

「退院……。するのかなあ」

「さ、なにかおいしいもの食べて帰りましょ」

「あ、母さん。私はこれからちょっと約束があるから」

このあと、合コンが予定されている。

「デートかい?」

「え、と」

交際目的で来場した男性と飲食を共にするのだから、人数はともかく、デートと言ってしまって良いのだろう。

「うん」

「そうかい。楽しんでくるんだよ」

父さんは、うれしそうに私を見送った。

病院の玄関を出ると、姉さんと母さんはタクシーを拾い、別れ際に、姉さんが言った。

「あんたね。自分で結婚するって決めたからって、すぐできるわけじゃないのよ。引っ越しじゃないんだから」

でも。

「私がやると言って、できなかったことある？」

そう返すと、

「そういうところが問題なのよ」

と言い捨てて走り去った。

そういうところ？

どういうところが、だろう。

昔からそうだけれど、姉さんの発言は、いつでも大事な過程を省略しすぎている。私になにが問題があるとアドバイスしてくれるのであれば、どういうところがかをきちんと明確にしてほしいと思う。

口べただから論理を飛躍させてしまうというよりは、私から見ると、結論にいたる根拠そのものが欠落しているような。

そういうところが姉さんの問題かもしれないと思いながら、タクシーを見送っている時だった。

「あの、すみません」

うしろから声がし、ふりかえった。

四十歳前後とみられる男性だ。

どこか貫禄《かんろく》と深みのある顔立ちに、硬質なインパクトがある。

なのに、不似合いな黄色と青のチェックのシャツに、サイズちがいなのか、裾《すそ》を幾重にも折り返したジーンズという服装。大きな紙袋を手にしている。

「この住所って、方角的には、こっちでしょうか」

男性は、一通の封書を見せながら訊《き》いた。

宛て名の住所なら、男性が見当をつけて指さしている方向で正しい。

「そうですね。あっちですね」

「歩けますか、ね」

彼は、貫禄のある顔に、不安をにじませていた。

「歩いたら、三十分以上はかかると思いますけど」

「そうですか……。どうも」

きちんと腰から一礼して、男性は消沈したふうに歩き始めた。

足元が重そうだった。

退院患者なのだろう。あの様子では、まだ具合が思わしくなさそう。

その時だ。

私の脳裏いっぱいに、少し前に引いた蛍光ペンのオレンジ色が鮮烈によみがえった。

そうだ。

なかなか候補男性が見つけられない今の状況では、可能性は、ひとつでも増やしておかなくては。

行動あるのみだ。

「あの！」

思い切って呼び止めると、その人はふりかえった。

あ。本当にやってしまった。

よろしければ車で送りますが、と言えばいいのだけれど、不慣れなことで、うまく言葉が出てこない。

男性に不思議そうに見つめられ、とっさに、バッグから車のキーを出して、掲げて見せた。

「私、車ですけど……」

とりあえず、意図は通じたらしかった。

見ず知らずの男性を車に乗せるという、大胆な自分に驚いた一方で、やっぱりやればできる、とホッとしていた。

「ご親切にありがとうございます。本当に助かります、すみません」

恐縮しながら助手席に座ったその人は、桜井武史さん三十五歳。

なんでも、記憶喪失中ということだった。

バックミラーをのぞきこみ、

「ちょっと、老けて見えます、よね」

と、自分の発言に対して懐疑的なつぶやきをもらしていた。

その後の車中での会話によると、桜井さんは、朝、病院のベッドで目を覚ました。

その時、自分に関するすべての情報を喪失していることに気がついた。

名前も、歳も、住所も仕事も、なぜ病院で寝ているのかも。

桜井さんを病院に搬送した救急車は、おなじ区内にある銭湯から、彼を運び出していた。

なので、現場である銭湯に居合わせた人たちにより、彼は脱衣所から浴場に移動してきたとたんに、石鹸《せっけん》を踏んですべって転び、頭を打って意識を失ったことが判明したそう。

桜井さんが、自分について知る手だてとしては、倒れた時にそばに落ちていた、銭湯のロッカーの鍵《かぎ》がすべて。

該当するロッカーからは、衣類のほか、ポケットの所持金、自宅のものらしき鍵、ライター、区民税の請求書が見つかった。

住所と名前と生年月日が記された区民税請求書は、唯一の自己証明として、持っていて幸いだったと思うのだけれど、その内容すら、

「憶《おぼ》えていないんです」

と、桜井さんはうなだれた。

とても不安そうだった。

当然だろう。自分のことをなにも思い出せないなんて。

そして、目的の住所に到着すると、桜井さんの表情は、安心どころか、いっそう強い不安でおおわれた。

「ここの、二階みたい、ですけど」

「え、ええ」

それは、とても古いアパートだ。

一見して貧困、もしくは社会的零落を連想させる。

私自身、桜井さんが見せた悲痛な面持ちに、当然共感したような、そんなアパートだった。

彼は、観念したように、車から降りた。

「あの。本当に、大丈夫、なんですか」

運転席から声をかけた。

桜井さんの重そうな足の運びが気になったせいなのだけれど、

「ええ、体のほうは問題ないと言われたので。いたって、健康、だそうです」

という彼の返答と、それにつづく、

「なにか、思い出せそうですか」

の質問への答え、

「努力してみます」

に、無意識に反応したのかもしれない。

錆《さ》びきった外階段をおそるおそる上り、朽ちそうな木の扉に鍵をさしこんで部屋に入った彼のあとを、私は追った。

「あの」

部屋の中で立ちすくんでいた桜井さんは、不安そうにふりむいた。

「なにかわかりましたか」

「いや。なんとなく、かすかに懐かしいというか、そういう微妙な感覚はあるんですが……」

私も、失礼してあがりこむ。

きょろきょろとしなくても、一瞥《いちべつ》してすべてが視界に収まる広さだ。

化学調味料の強いにおいは、中央の小さな座卓の上にある、カップラーメンの空き容器からだろう。

ほかにも、泥棒でも入ったかのように部屋中にものが散乱していたけれど、もし私自身が泥棒だったなら、逆になにかを置いて帰りそうな気がする。

そんな経済的困窮の気配が、重苦しくただよっている。

もちろん、桜井さん本人も、それを感じ取って、ますますショックを受けているようだ。

「携帯とかあれば、お友達に連絡が取れるんじゃないですか」

「え、ええ」

座卓の上には、タバコの空き箱や空のペットボトル、パンやスナック菓子の空き袋ばかりで、自己証明につながりそうなものはとくにない。

あ。

食卓塩の小ビンだ……。

「今日は、十月八日ですよね？」

はい、とふりかえると、桜井さんは、壁のカレンダーを見ていた。

十月九日の日付が丸で囲ってあり、余白に『いずみ野駅前、午前七時』と書いてある。

明日、桜井さんにはなにかの予定が存在しているらしい。

壁際の本棚に目をやる。

日本名優図鑑。舞台で死ぬための生き方。図解パフォーマンス入門。マンガ・役者バカ一代。

一冊手に取ると、『おーい郵便屋さん』というタイトルの台本だ。

「もしかして、役者さんかも」

「役者？」

「ええ。ほら、この台本、劇団マッシュルームと書いてある。私、出版社に勤めているんです。手芸とか、オタクとか、ヤクザ雑誌とか、けっこういろんなジャンルの雑誌を作ってて、演劇の雑誌も出しているんです。担当の編集者に聞けば、なにかわかるかもしれません。聞いてみましょうか」

「そう、ですね。なんだか、すみません」

その時、バッグの携帯が鳴った。

合コンの予定時刻が迫っていた。

「私、もう行かないといけません」

と、あわてて玄関に向かった。

結局、携帯は見つからなかったので、「また来ます」と再訪を告げ、私は部屋をあとにした。

二、相手選びにはキビシイのだ

「やっぱさあ、男はある程度の経済力がなきゃダメなんだよね。いくら口で幸せにしてやるって言ったってさ、説得力ないもん。そのへんの小僧がさ、金もないのに愛してるとかなんとか言っちゃってさ。恥ずかしいよねえ。そう思わない?」

「思いません」

私は答えた。

お金がないからといって、人を愛することを恥じる必要はないと思うから。

それに、経済力について言及するなら、ある程度というあいまいな言い方は不適切だし、そもそも、私の結婚相手の条件には、経済力は含まれていない。

ただ、私以外の合コン参加女性は、候補に求める第一条件が、それらしかった。

だからだろう。先の発言をした人だけでなく、参加男性には、服や持ちものにお金をかけている人が多かった。

村上さんが候補に加えたという、テレビディレクターもそうだ。

でも、私には、彼がいったいどういう理由で、不健康で不健全で計画性のない生活を、自慢そうに話しつづけていたのかがわからない。

他の男性たちも、「アサリの酒蒸しか。これって、殻と身をいちいちはがすのがめんどくさいよな。努力のわりに食いでないし」とか、「水嶋さんみたいな美しい女性と知り合えて僕の寿命はまちがいなく縮みました。今にも死にそうだ」という発言から判断しても、結婚相手に私が求める条件から外れていた。

残念だったけれど、そう簡単に有力候補に出逢《であ》えるとは思っていなかったし、日下の命題は、条件を満たす男性に出逢うまで、男性と出逢いつづけること。


数打ちゃ当たる。当たりを引くにはハズレの数がものを言うのだ。


なので、村上さんとは、引きつづき打ち合わせを重ねた。

「ありです。ありです。ありです。……ありです」

翌日も、編集部で作業中の私のとなりで、村上さんは、スマートホンに収めた男性の顔写真を次々と見せてくれていた。

「え。これもありですか」

その男性は、女性のように、ピアスやネックレスなどのアクセサリーをたくさんつけていた。日本人にしては、肌の色も非常に黒い。

「軽薄そうですけど」

私は、「ぜんぜんありですよ」と、ゆでたまごに塩をつけながら答えた。

見かけだけで判断しては、意味をなさないと思う。条件に見合うかどうかをきちんと見定めるために、お会いするのだし。

「じゃあ、またすぐ合コンできますよ。編集長みたいなお嬢系は、わりと歳のハンデもないし。連絡してみますね」

村上さんは席を立った。

ふと左隣の藤木チーフを見ると、おなじようにスマートホンで男性の顔写真をアップで出している。

これは……と一瞬迷って、

「ぎりぎりありです」

と言うと、

「これはうちのダンナです」

チーフは答えた。

「あ。ごめんなさい」

「いえ。ところで、劇団マッシュルームの件ですが、編集部の方に聞いてみました」

「あっはい。なにかわかりました？」

「桜井武史という名前は知らないそうですけど、劇団の名前は、聞いたことがあるそうです。二、三年前に資金不足でつぶれて、今はもうないそうですが……」


次に、その男のコが当たりかハズレかを、どうやって判断するか。

ここで重要になるのは、最初に決めた結婚相手の条件。そんなの、アタリマエ？

NO。

じつは、ここが思わぬ落とし穴なのだ。

結婚をめざす女のコたちが、やってしまいがちなミス。

それは、相手選びの条件を、すごく安易に設定してしまうこと。

リッチで、カッコよくって、マメで……。

うん。ありがち。

でも、ハッキリ言って、その程度の条件じゃ、ぜんぜん甘い！

だって、カレの会社が倒産したらどうする？

合コンでカッコよく見えても、あなた自身、どれだけ自分をよく見せようとしていたか、おぼえがあるよね。そんな裏事情まで見通してる？

マメな男のコがマメなホントの理由、ちゃんとわかってる？

もっと、うんと想像力を使わなきゃ。

キビシいふるいにかけてかけてかけまくって、最後に残ったぜったいにこれだけは、というものを条件にするべき。

簡単な話じゃないけど、条件を満たす男のコに出逢えたら、喜びはひとしお。

その人の背中には、きっと「当たり」と書いてあるよ！


この日は、夕方から取材があった。

あえて早めに出発して、桜井さんのアパートに立ち寄ってみることにした。

車を停めて、階段を上り、アパートの扉をノックすると、桜井さんが出てきた。

「こんにちは。あ」

部屋には、だれかいた。

そういえば、アパート前の空き地に、車が一台停まっていた。

ブライトシルバーメタリックのクライスラー三〇〇C、あの車の持ち主なのだろうか、私と同年代くらいの男性だ。

編集部の谷口さんのように背が高く細身で、なんとなく、不安とかうしろめたさが原因で、表情に緊張が露出したり、挙動に落ち着きがなくなっている人、のように見える。

正直、貫禄《かんろく》と深みのある高級車、クライスラーの持ち主には見えなかった。

「お知り合いの方、見つかったんですか」

「いや。あの、どうぞ」

桜井さんが私を中に招き入れると、私を盗み見るようにして、

「病院の方、ですか？」

と男性は言った。

「いえ、病院の前で知り合ったんですが。おふたりは、どういう？」

桜井さんが、私に男性を紹介した。

「お風呂《ふろ》屋で、事故の現場を目撃された方なんです」

桜井さんが帰宅した時に、アパートの郵便受けをのぞいていたこの男性と、はち合

わせたとのこと。

病院で聞いた、桜井さんの住所を確認していたというからには、見た目の印象よりも几帳面《きちょうめん》だ。

また、桜井さんの話ぶりからすると、ずいぶん親切な人であるらしかった。

「僕を非常に心配してくれて。事故のあとも病室に見舞いに来てくれたし、今日も、僕の記憶が戻ったかどうか気になって、わざわざ立ち寄ってくださったそうなんです。といっても、今さっき見えたばかりで。えと、お名前は」

「……コンドウです」

その人は、小さく名乗った。

私も「水嶋です」と一礼すると、桜井さんに用件を伝えた。

「劇団マッシュルームの件なんですけど、解散してしまって、今はもうないそうです」

「そうなんでしょうね」

桜井さんは、座卓を見つめて、だまりこんだ。

視線の先には、コンビニで買ってきたらしいペットボトルのお茶とクッキー、そしてタバコ。

横の灰皿には、少し火をつけただけで、すぐに消したようなタバコが一本、載っている。

「この銘柄のタバコの空き箱がたくさんあったので、買ってみたんですが。吸ってもむせるばかりで」

「ほかに、なにかわかったことはありましたか」

「私は、死のうと思っていた、みたいです」

桜井さんは、首つり用らしい縄を出して見せた。

「じつはこれ、きのうここに入った時に、このへんに落ちていたのを、まっさきに見つけていたんです」

桜井さんは、沈痛な面持ちで言った。

「芝居の道具かもしれないと思い直したんですが。ゆうべ、部屋の隅からこれが見つかりました」

そう言って座卓に置いたのは、一通の茶封筒。

『遺書　大家さんへ』と書いてある。

「遺書……」

「ええ。見てください、こんなに、文字が乱れて」

見ると、たしかに、ひどく文字が乱れている。

『大家さんへ。

迷惑をかけてごめんなさい。家賃も、ふみたおすつもりはこれっぽっちもありませんでした。だけど、どうしてもこれ以上生きていくことができなくなりました。仕事も見つからなかったので、死ぬ前に、滞納してきた家賃を払うお金があるかといったらありません。大家さんもごぞんじのように、ぼくは物心つく前に両親と死に別れているので、家賃を肩代わりしてくれるような身よりもなく……』

「そうとう、精神的に追い詰められていたんだと思います」

つらそうに、桜井さんはつぶやき、そして、

「大家さんへ。迷惑をかけてごめんなさい」

ふがいない自分が許せないというように、遺書を読みあげた。

すると、コンドウさんが、それをひったくった。

「でも、こうやって、生きているんですから」

「ええ。自殺に失敗したんでしょうね」

桜井さんは、首つり用の縄を握りしめて、コンドウさんに訊《き》いた。

「私は、風呂屋でどうやって転んだんですか」

「たぶん、石鹸《せっけん》で、すべったとか、だれかが……」

「わざと転んだのかもしれない。死のうと思って」

「そんな確率の低いことは、しないいんじゃないですか」

私は多少のなぐさめのつもりで言った。けれど、

「三十五にもなって、定職もなくて、こんなとこにひとりで住んでれば、死にたくもなりますよね」

という桜井さんのつぶやきに、また共感してしまい、口をつぐんだ。

部屋がしんとなった。

外を走る、オートバイの音が響く。

「俺、もう行かないと」

コンドウさんが立ちあがる。

「こういうのは、捨てちゃいましょ」

手にしていた遺書をポケットに入れると、あわてたように出て行った。

桜井さんは、じっとうつむいていた。

「大丈夫ですか」

「ええ。死にたいっていう気持ちも、忘れちゃいましたから。大事なのは、これからどうするかってことだと思うんです」

「……」

わりと本格的に、努力家の男性なんじゃないかという気が、この時した。

その予定外の発見のせいか、その後、私は予定外に、桜井さんを夕飯に誘っていた。

とはいえ、予定外に有意義だったと思う。

その日の取材先は、焼きとりの隠れた名店だったので、桜井さんにも現場に同行してもらい、取材後、そのままそこで夕飯を食べた。

誘った時、桜井さんは、空腹と支払いのあいだで逡巡《しゅんじゅん》していた。

けれど、取材なので費用は会社持ちだと伝えたら、「行きます」と迷わず答えた。

思ったとおり、おなかをすかせていたらしい。

アパートを出ると、あのクライスラーが、まだ停まっていた。

コンドウさんが部屋を出て、十分は経過している。

やっぱりちがう人の車なんだろうと思いながら、桜井さんに、

「焼きとりとか、好きですか」

一応、訊いてみると、

「憶《おぼ》えていません」

という返事。

なので、お店に向かうあいだも、食べものの嗜好《しこう》といった他愛のない話はできなくて、引きつづき記憶喪失を話題にしたのだけれど、かえって食べものの嗜好以上に、桜井さんの基本的パーソナリティをいくつか確認することができた。

たとえば。

記憶を失《な》くし、自分に関する情報が白紙となってしまった桜井さんは、病院で目覚めると、所持品と所持金を確かめた。

その次にとった行動は、売店でいちばん安いノートとペンを購入することだった。

そこに、区民税請求書に書かれていた氏名、住所、生年月日を書き、つづいて、所持品と所持金の額も記入した。

右も左も、中心さえわからない状況の中で、とても冷静だし、金銭感覚も良好と思う。

「きのうの夜、ですか。僕は、ゆうべは……」

桜井さんが聞かせてくれたことによると、彼は夜になるとアパートの部屋を出て、隣室の扉をノックした。

「あの、となりの桜井というものですが」

出てきた陰鬱《いんうつ》な雰囲気の二十代男性は、無愛想に「はい」と答えた。

「あの、ご存じですよね」

「なにが」

「私のこと」

「となりの桜井さんなんでしょ」

「あ、はい」

「なに。ゲームの音うるさい？」

「いえ……大丈夫です」

つづいて、そのまたとなりの扉をノックした。

「あの、二〇二号室の桜井ですが」

顔を出したのは、若い女性だった。桜井さんを見て、おそるおそる、

「はじめまして」

と言った。

　つまり、初対面だったので、このひとことで用件は終わってしまったのだけれど、女性は、桜井さんの来訪目的を誤解したらしく、「ルル」と足元の猫を抱きあげ、こう言った。

「あの、猫のこと、でしょうか。あたし、このコがいないと、生きていけないんです。大家さんには、黙っていただけないでしょうか」

　桜井さんは、「わかりました」と、扉を閉めた。

　状況判断が的確。

　それから、行動力と、役者さんとしての可能性。

「そういえば、どうしましたか、あれ。今日は、カレンダーに印があった十月九日ですが」

「ええ、そうなんです。じつは」

　そこになにが待っているのかわからないまま、桜井さんは、朝七時に着くように、いずみ野駅へ向かった。

　改札を出ると、歩く人もまばらな中、一部で人だかりがしているのが目に入り、そちらへ進んだ。

「……新井さん」「はい」「蒲田《かまた》さん」「はい」「吉村さん」「はい」「桜井さん」

名簿を見ながら点呼している二十代男性に、名前を呼ばれた。

「はい。桜井ですが」

男性に近づきながら返事をすると、

「はい、じゃ乗って」

と、他の人たち同様に、道路わきに停めてあるマイクロバスへと誘導された。

バスで運ばれた先は、撮影現場だったそう。

桜井さんを含めた乗客たちは、監督らしき四十代男性の前に並ばされた。

監督が、ふきげんそうに、

「んだよ、こんなにエキストラいらねえよ。それよりチンピラ増やしたいんだよ、チンピラを」

と言ったその直後。

イライラと泳いでいた監督の目線が、ふと、桜井さんの上で止まった。

「キミ、チンピラできる?」

「えっ。チンピラ」

桜井さんが状況を把握するより早く、監督は助監督に、

「とりあえず衣装着せてみて。いい顔してるよ、彼」

ときげんよく言い、桜井さんは助監督に連れていかれた。

つまり、顔だけでいきなり役に抜擢《ばってき》された。

桜井さん自身は、自分のことをなにも憶えていないし、私ももちろんわからない。

けれど、彼は、見る人が見ればわかるポッシビリティを備えているのかもしれない。

と思いながら、私は取材先へと車を走らせていた。


「お待たせしました。仕事は終了です」

お店の方へのインタビュー、撮影を終えて、桜井さんが待っていたテーブルについた。

「今、料理も注文してきましたから」

桜井さんは、時間つぶし用にと渡してあった雑誌を閉じた。

発売中の月刊誌『VIP』。私が編集長をしている。

「毎月ひとつだけ物をえらんで、その最高級のものを紹介する雑誌なんです」

そういえばまだだった、と、私は会社の名刺を渡した。

「編集長なんですか。すごいですね」

「いえ。私の企画だったので、まかされちゃったんです」

「そうですか、編集長か」

「桜井さんは、役者さん、なんですよね」

「その可能性は高まりました。ただ、少なくとも成功はしてませんよね。だれも私を知らないんですから」

「でも、なにごとも一足飛びにはいかないものだと思います。この雑誌も、少しずつ売り上げが安定してきましたけど、私ももっとがんばらなくちゃと。今月は椅子の特集で、来月は、お塩なんです」

「塩？」

「はい。塩って、すごいんですよ。ものすごく種類があって、ものすごく貴重で高いものもあるんです。ここのお店は、すごくお塩にこだわっていて」

桜井さんは、なにか思い出したように、しげしげと私を見た。

「そういえば、うちの塩、なめてませんでしたか」

桜井さんのうちの、塩？

あっ。あの赤いフタの、食卓塩の小ビン……。

「私、塩、なめてましたか」

「ええ。不思議だなと思ったんですけど、わざわざ訊《き》くほどのことでも、ないかなって」

「すみません。最近、癖になってしまっていて。お塩を見ると、味を確認しないと気がすまなくて」

「あはは。そうなんですか」

桜井さんは初めて笑顔になった。みたいだった。

というのは、私はきまりが悪くて、顔を見ることができず、しばらくうつむいていたから。

「うわあ。おいしいなあ」

桜井さんは、運ばれてきた焼きとりに、ひどく感激すると、キャンバスのショルダーバッグからノートとペンを取り出して、なにか書き付けた。

「なんですか、それ」

「ちょっと、自分についての情報や、これからやるべきことなんかをまとめているんです」

病院の売店で買ったという、例のノートだ。

見せてもらった。

【2012年　10月8日以降　確認事項の記録】

名前　桜井武史
年齢　35歳
血液型　A型
家族　なし
仕事　なし
持ち物　鍵《かぎ》、区民税の請求書、ライター
衣料品　シャツ（黄色と青のチェック柄Mサイズ）、綿シャツ（赤地に黒い英字ロゴ）、ジーンズ（29インチ）、靴下、白スニーカー（サイズ27センチ）
所持金　1446円（病院売店にてノートとペンを購入、残額1146円）

【交流人物について】

加茂大学病院脳外科医・福田氏（49歳・診察回数3回）
事故現場目撃者・コンドウ氏（病室、自宅に二度来訪）

親切な女性・水嶋氏（34歳・所有車種　ハイブリッド）

【部屋にあるもの】

遺書、ロープ（首つり用?）、タバコ（マルボロ赤）、座卓、メジャー、ハンガー、せんたくばさみ、灰皿、ふとん、蚊取り線香、ゴミ箱、ティッシュ、本（演劇関係多し）、扇風機、姿見、ポスター、カレンダー（10／9に予定あり）、雑誌、文具（ペン、定規、はさみ、消しゴム、カッター）

【お金について】

収入　なし
貯蓄　不明
滞納している区民税　22000円
滞納している家賃　不明

【今後の生活について】

×持ち物を売る　↑　所有物換金性なし。蔵書はほとんどに汚れ、破れ

△アルバイト　↑　給料日以前の生活費は？　まかない付検討

○日雇い労働　↑　要検討

【必要なもの】

情報

お金

端正な文字で、丁寧に力強く書きこまれている。

項目は子細に渡り、私は感心しながら、次々とページをめくっていった。

【性格について】

悲観的？　だらしない？　計画性がない？

【好きなもの】
演劇、映画？　カップラーメン？　タバコ？（マルボロ）
クッキー、焼きとり

焼きとり。

たった今、書いたもの。

「えらいですね」

思わずつぶやいた。

「ふつう、こんなに前向きになれないです。こんなに短期間で。でも、こういうのって、警察に相談すれば協力してもらえるんじゃないですか」

「ええ、病院でもそう言われました。ただ、怖いんです」

怖い……？

「自分の人生を人からぜんぶ聞くっていうのは、ちょっと、怖いんです。自分のことは、自分で思い出したいっていうか。それにもう、だいぶわかってはきましたし。もしかしたら、これ以上知らないほうが幸せかもしれない」

桜井さんの顔が沈みこむ。

私は、話題を戻そうと、自分のビジネス手帳をバッグから取り出し、中を開いて見せた。

「私も、なんでもメモするのが好きなんです」

桜井さんは、少し気を取り直したように手帳をのぞきこんだ。

「びっしりですね、忙しそうだなあ」

そして、一点をふと見つめて言った。

「結婚、なさるんですか」

十二月十四日の日付欄だ。

『HAPPY WEDDING』という可愛いシールを貼り、その下に『結婚』と書きこんでいた。

「それは、その予定なんですけど、まだ相手はいません」

「えっ」

「結婚相手は、だれでもいいというわけにはいきませんし、相手の都合もありますし。

思ったよりむずかしいです。うちの姉なんて、もう二回も結婚してるんですけど……」

桜井さんは、だまっていた。

それから、運ばれてきた料理を、私たちはだまって食べた。

帰り道も、桜井さんは、ほとんどしゃべらなかった。

話すことを探しているようにも見えたけれど、この二日間、彼の見聞きしたことは、ほぼすべて聞いた気もするので、きっと見つからないんだろうと思った。

ヘッドライトがアパートを照らすと、あのクライスラーがまだ停まっている。

だれの車なんだろう。

それを話題にしようかと思ったけれど、桜井さんは興味がなさそうだし、私もとくになく、まだなにか一生懸命考えているようだったので、やめた。

「ごちそうさまでした」

車を降りた桜井さんが、窓ごしに頭を下げる。

「どういたしまして」

「それじゃあ」

クライスラーの横を通り抜けようとしたところで、桜井さんは、また戻ってきた。

「あの」

「はい」

見つめ返していると、おそるおそるに、こう言った。

「私の、知り合いに、なって、いただけませんか」

このひとことを考えていたのだろうか。

「もう、なってますよ」

笑顔を作って返事をすると、桜井さんも笑顔を作った。

今度は、うつむかないで、はっきり見ていた。

一瞬、喜びを共有しているような感覚がよぎった。

「おやすみなさい」

桜井さんは部屋に向かって、歩き始めた。

私は、階段をのぼりきって扉の鍵《かぎ》を開け、中に消えようとする背中を、「当たり」と書いてあるかどうか目をこらしながら、見送っていた。

三、ハートのセンサーに、ビ・ン・カ・ン

有力候補、しぼれてきた？

えっ？　フィット感を感じられる男のコが見つかった⁉

GOOD　JOB！

でも、待って、喜ぶのはちょっと早い。まだまだ気を抜けないゾ。

なぜなら、カレシがいたってちっとも結婚できない女のコは、ザンネンながらいっぱいいるのだ。

うーん、なんでだろう。どうしてだろう。知りたい？

YES。

オッケー、じゃあ教えてあげる。

結婚したいのにできない女のコに共通してるのは、ニブいってところ。

カレの言葉や表情の変化をあっさりスルー。ここぞというタイミングを逃がす。よかれと思ってやっていることも、カレにとっては的ハズレ。

こんな鈍感さに思いあたったら、注意すべし。せっかく近づいてきた結婚が、またどんどんとおくへ離れていっちゃう。

というわけで、ここからの重要ポイントは、これ。

ハートのセンサーをさらにパワーアップ&フル稼働させよう!

どんな小さな変化にもビンカンでいよう!

もちろん、カレだけじゃなくて、あなた自身の気持ちにも、だよ。

だって、決めるのはぜんぶ、あなただから。


小さい頃から、鈍感とかニブいとか、姉さんに言われていた。

だから、私は、この本によるところの、ザンネンな女のコになる可能性が高そうな気もした。

実際、ハートのセンサーというものがいったいなにで、どういう動きをするのか、具体的な心あたりがなく、なので、パワーアップしようにも、操作方法がわからない。

「まだ飲んでる」

お風呂《ふろ》から出ると、姉さんがリビングでお酒を飲んでいた。

私が帰宅してから、ずっとだ。

それも、毎晩。

「香苗とちがって繊細なの」

と、ソファの姉さんはまた注ぐ。

氷が動いて、バカラ特有の金属的な音がした。

「まだ仲直りしてないの」

「仲直りって、ケンカじゃないの。向こうが一方的に悪いんだから。許すか許さないか私が決めるだけ」

「じゃあ、早く決めればいいのに。いつまで実家にひきこもってるのよ」

ハーッとため息をついて、姉さんが私を横目で見た。

「あんたは？　結婚相手、見つかったの」

「まだ。ただ、恋をしてもいいかなって、思う人はいる」

「ああ、それはムリよ」

「なんでムリなの」

「あんた、ちゃんと恋をしてから結婚する気？」

「あたりまえでしょ。ちゃんとその期間は用意してます」

姉さんは、急に笑いだした。

「なによ」

そして、笑うのをやめて私を見た。

また、論理の飛躍したことを言い出す予感がした。

「若い頃、胸がキューン、てしたでしょ」

やっぱり。

「なに、それ」

「この胸のあたりに、もうキューンっていう言葉でしか表現できないような痛みが走る、あれよ。好きな人のこと考えるだけで、キューン、キューンって」

痛み？

私も、一応、男性とデートをしたり、おつきあいした経験が、ないわけじゃない。

でも、好きにはなれなかったから、よくわからなかった。

痛いというイメージではなく、恋愛に対しては、怖いことのような気はしているけれど。

「このキューンのマシンって、自分から鳴らそうと思ったら鳴らないのよ。とくに、結婚相手探しはじめたらもうダメ。たぶんこわれちゃうのね、マシンが」

キューンのマシンって、もしかして、ハートのセンサーのことだろうか。

姉さんの発言に、めずらしく信憑性《しんぴょうせい》を感じ、興味を惹《ひ》かれた。

でも。

「だから、あんたも期待しないほうがいいわよ。べつに恋なんてしなくても結婚はできるんだから、私みたいに」

やっぱり過程を飛ばした、根拠のない結論を出してきた。

「お姉ちゃんみたいに……」

「なによ」

恋をしないで結婚すると失敗する可能性が高いという意味か訊《き》こうと思ったけれど、訊いたら泣きだすだろうから、寝る前にやりたいこともあったので、やめて部屋に向かった。

ベッドに入って、目を閉じ、胸に手をあてる。

眠りにつくまで、ハートのセンサーの動きを探るのが、日課になっていた。

なかなか見つけられないせいだと思っていた。

この頃はなぜか、以前のように、すとんと眠れなくなっていた。

ただ、睡眠時間が減っていたわりに、仕事もプライヴェートな活動も、わりと順調に進められていた。

つぎの活動に向けて編集部を出、一階に降りると、エントランスから大谷健治さん五十二歳が、ちょうど入ってくるところだった。

やっ、と声をかけられて、私も一礼した。

大谷さんは、うちの出版社で出しているヤクザ雑誌、『実話ダイナマイト』の編集長だ。

社内の秘境、とも言われる編集部で、部室も地下にあるらしく、私の所属とは接点がないし、大谷さんに会ったのも、十二年この会社に勤めていて、二日前が初めてだった。

たまたま、おなじお見合いパーティに参加していた。

話しかけられて名刺交換をしたら、おなじ社の人であることがわかった。

「どうでした、あれから」

口ヒゲをさすりながら、大谷さんが小声で言った。

「ひととおり検討してみたんですが、可能性を感じられる方はいませんでした」

「僕もです。いいパーティ情報があったら知らせてください、地下にいますので。あ
あそうだ、読みさしですけど、よかったらこれどうぞ。男選びの参考にぜひ」
大谷さんは、手に丸めて持っていた『実話ダイナマイト』を私にくれた。
そして、エントランスの奥の清掃用具倉庫の、そのさらに奥の階段室へと、足早に
消えた。
実話ダイナマイト、最新号。
表紙の大見出しは、『岩城商事社長失踪《しっそう》事件の謎！』。
朝の情報番組でも取りあげている、このところ世間を騒がせている事件だ。
優良企業として名のある岩城商事の社長が、ある夜、突然行方がわからなくなった。
失踪の兆候はなにもなく、まるでけむりのように姿を消してしまったという。
誘拐などの事件的な動きもないことから、任意の蒸発という見方が優勢のようだっ
た。
いずれにしても、ご親族や社員の方々のご心労は大きいのだろうなと思う。
表紙には、もうひとつ、それよりひとまわり小さい見出しがあった。
『独占大特集！　裏社会の便利屋・コンドウ』
コンドウ。

「編集長！」

エレベーターから村上さんが降りて、駆け寄ってきた。

「ちょうどよかった。新物入りました。画像見ます？」

「いつもありがとうございます」

「あ、実話ダイナマイト。そうだ親に頼まれてた」

「要りますか」

「いいんですか、じゃあもらいます。で、さっきスマホに入ってきた画像はですね、えーと、これと、これと……」

「ありです。ありです。ありです。ありです」

「わかりました。じゃあ、今日の夜で組んじゃいます」

「あ、今夜はちょっと別件が入っています」

「そしたら、いつにします？　私は、ええと……」

日取りの打ち合わせをしながらエントランスを出ようとした時、背の高い細身の男性とすれちがった。

トレンチコートに、深めにかぶったハンチング帽。

「あの人、たぶん……」

「えっ」

村上さんにつられてふりかえる。

「オタク雑誌の来客ですよ。露骨な刑事のコスプレ着といて顔がビビってる」

「びびる、って？」

「不安とか恐れとかが原因で、表情に緊張が露出したり、挙動に落ち着きをなくすことです」

「ああ」

それなら、ちょうど、桜井さんの部屋で会ったコンドウさんのような状態を表した俗語だ。

トレンチコートの男性は、受付の女性に『実話ダイナマイト』を見せていた。

大谷さんの来客なのかもしれない。

大谷さんも、「オタクは女性にどう見えますかね。僕もいわば裏社会オタクで」と言っていたから。

道路に出ると、目の前に、あのシルバーメタリックのクライスラーが停まっていた。

ということは、もしかしたら。

あの車は、今の男性の持ち物で、彼はおそらく、桜井さんの隣室のオタク男性のお知り合いなのだろう。

人生は必然によって作られると私は思っているのだけれど、こうした偶然も意外とあるものなのだ。

そんなふうに感じたものの、待ち合わせ場所についたら、その話題を桜井さんにしてみようと思ったことも忘れ去った。

この日は劇場で待ち合わせ、一緒にお芝居を観た。

おもしろかった。

桜井さんは、とてもよく笑っていた。

私も笑いすぎて涙が出た。

楽しかった。

桜井さんの、お芝居への興味がよみがえっているらしいことも、喜ばしく感じていた。

彼は、十月九日にエキストラからチンピラ役へと抜擢《ばってき》されたのだけれど、以降、引きつづき撮影に参加。最後のロケでは、わき役とはいえ、主人公に銃口を向けて、ぶるぶるふるえながらも引き金を引けない、という三秒間の重要シーンさえあったそうで、その上、演技を監督に褒められた。

それが、

「ホッとしたというか、感慨を得たというか、なにかがみなぎるのを感じたというか」

この話を聞いた時、私はおなじようにホッとし、感慨を得、なにかがみなぎるのを感じた気がした。

つまり、喜びを共有しているような感覚を、また味わった。

感性が似ている気がするし、今後もフィット感が強まりそうな予感がする。

なので、もう合コンは必要ないと思った。

翌日、村上さんにキャンセルを伝えた。

あとは、桜井さんの言葉や表情の変化を観察して、タイミングをつかむこと。

十月最後の休日に、私は桜井さんのアパートを訪ねた。

「それ、ぜんぶお芝居の本ですか」

調理の手を止めて台所からふりかえり、話しかけた。

桜井さんは、没頭していた本から目をあげた。

「ええ、本格的に、少し勉強してみようかと。役者である可能性が高いわけですから。

ちょっと、遅すぎるかもしれないけど」

「遅くないです」

私は言い切った。

桜井さんは、恥じらうように、座卓のわきに山積みされた本へと目を移す。私は、その姿や様子を少しながめた。

初めのうちは、とてもラフでカジュアルな桜井さんのワードローブは、貫禄《かんろく》と深みのある顔立ちに不似合いなような違和感があったのだけれど、だいぶなじんで見える。タバコを吸う習慣も、また戻ったようだった。

そして、お芝居への情熱も。

「演技っていうのは、その人物になりきることによって、まったくちがう人生を経験できるんですよね。そのことが、興味深いというか」

とくに、強く惹《ひ》かれているのは、ストラスバーグのメソッド演技法なのだという。

「私も、さっきちらっとめくってみました、ストラスバーグの本。興味を惹かれました」

リー・ストラスバーグは、一九四〇年代にニューヨークで活躍した演出家だ。独自の演劇理論を打ち出したことで名高い。

「ええ。役柄の精神性に重きをおき、感情の追体験に挑むことで、よりリアルな表現を行う。芝居って、奥が深いな……」

私は、フライ返しを固く握りしめた。

「私、桜井さんのお芝居、観てみたいです」

「香苗さん」

「いつか、観せてくれますか」

「……。努力、してみます」

まなざしに熱意を感じて、私は心でうなずくと、調理のつづきにいそしんだ。

「ただ、しばらくはほかのバイトを探さないと」

アルバイト。

「今、うちでアルバイト募集してますけど」

条件は、健康で努力家。

ああ。それなら桜井さんは、ぴったりだ。

「合格ですよ」

即、採用を告知して、即、お祝いの食事に移った。

料理を並べる時に、座卓に置いてあった桜井さんのノートを、ちょっとめくってみた。

以前より、さらにびっしりと書きこまれている。


【演技とは？】
◎近代演劇界の主要な流れ
◎映画と舞台、その演出のちがい
◎主演俳優に見た表現テクニックその①〜その⑩
◎ストラスバーグメソッド↓　役柄の人生を盗む？

「……」

「おいしい」

「そうですか、よかったです。きのう、じつは一度、家でシミュレーションをしたのですが、姉に食べさせたらいろいろ注文をつけられて、何度か改良しました」

桜井さんは、感心しきった顔で、

「香苗さんは、なんでも一生懸命やるんですね」

とつぶやいた。そして、また、食べ始めた。

私も食べた。

食べながら、時々、目が合った。

どちらからともなく、微笑み合った。

また、食べた。

また目が合い、微笑み合った。

何度目かに目が合った時、桜井さんは微笑まずに、すばやいまばたきをくりかえし、顔を壁のほうにそむけた。

そのあたりには、数枚の写真が貼られている。

先日出演した映画の撮影スナップや、スタッフやキャストの集合写真だ。

どの写真でも、桜井さんは、とても充実した顔をしていた。

私は、訊《き》いた。

「例の重要シーンなんですが。主人公に銃口を向けてぶるぶるふるえる三秒間の」

「あ、はい」

「そのシーンの撮影のあと、監督から、どのように褒められたんですか」

「え。いや、なんだか恥ずかしいな。その、『桜井くん、よかったよ！　悲壮感がハンパじゃないわ』とか、でし、た」

私は拍手をした。

「では、チンピラを演じてみて、桜井さん自身は、どのように感じましたか」

「それは、なんていうか……無意識のうちに、チンピラになりきってしまった、ような気がしたんです。いや、なりきったというよりも、自分は裏社会の人間そのものだというような。そんな不思議な感覚を覚えました」

「すごい演技力じゃないですか」

「銃の重さとか、もちろんオモチャなんですが、その感触も初めてという気がしなかったし、あの場面のあの行為の緊張感や、こみあげる感情のすべてを知っているような」

「そうですか。桜井さんこそ、なんでも一生懸命やるんですね」

私は、微笑んだ。

「……」

桜井さんは、また、食べ始めた。

食べながら、また目が合い、微笑み合った。

また食べて、目が合ったので、また微笑んだ。

すると、

「うっ」と、突然桜井さんがうなり声をあげた。

「え？」

目には涙が浮かんでいる。

「いや、あれ？」

涙が頬を伝い始めた。

「すいません、すいません……」

これは、もしかしたら、と思った。

「なんか、香苗さんといると、安心する、というか。すいません。あれ、ぜんぜん止まらないなあ」

涙をぬぐいながら、桜井さんは床にあったノートを広げると、【性格について】の項目に、『涙もろい』と書きこんだ。

「本当に、なんとお礼を言ったらいいか……」

声がふるえ、うわずっていた。

表情も、説明しがたく乱れている。

こんな桜井さんを見たのは初めて。

たぶん、これかもしれない。見逃してはいけないタイミングは。

なので、私は、思いきって、言った。

「結婚してください」

「……」

桜井さんは、濡《ぬ》れたままの目で私を凝視した。

私は、自分自身の動揺と緊張と体のふるえを抑え、つづけた。

「ダメ、でしょうか」

「いえ、ダメって」

「私たちなら、うまくいくと思うんです」

「でも。私は、こんな状態ですし、お金もないし」

「努力してくれませんか」

「え」

「結婚を前提に、私と一緒にがんばってもらえませんか」

桜井さんはうつむいて、やがて顔をあげた。

「がんばって、いいんでしょうか」

「お願いします」

私は、深く一礼した。

結婚相手、ついに決定！

よくがんばりました。自分に花マル、あげちゃおう！

いよいよ待ちに待った、甘くとろける幸せな日々がやってきた……てなわけで、結婚に向かってラブラブ一直線。ゾンブンに楽しんでちょうだい。

ただし。ここまで読んできたあなたには、わかるよね。

そう。まだまだハートのセンサーは止めないこと。

ここからの恋愛期間は、行くか戻るかのとても大事な時期。じつはスリリングなわたり中ってことも、頭のどこかにちゃんと置いておかなくちゃ。

まわりの評価、家族の反応、フィット感の小さなズレ。

ビンカンに察知しなきゃいけない危険は山積みなのだよ。

桜井さんは、アルバイトとして、編集部に通うようになった。

仕事は丁寧で、一生懸命で、小さな雑用にも努力を惜しまなかったし、飲みこみも早く、体力もあった。

また、アルバイト生活に慣れると、近所の小さな劇団にも入団した。

「すいません。今の僕にがんばれることといったら、これしかないような気がして」

もちろん、私はそれ以外のがんばりを求めていなかった。

恋愛期間は、支障なく経過していると思っていた。

私は、順風満帆に計画を進行できていた。

この日までは。

その昼休み。

いつものように、桜井さんと一緒に、会社の屋上に上がった。

谷口さんが、ベンチでタバコを吸っていた。私たちを見るなり表情を曇らせ、すっと立ち去った。

彼はこの二週間会社を休んでいて、それ以前も目に見えて仕事が滞りがちだったけれど、仕事は藤木チーフがカバーしてくれていたし、村上さんが憶測するように、彼の不調が恋愛上の心因によるものなら、プライヴェートなことに立ち入るのも失礼だ。

なので、あまり気にせずにお弁当を広げ、桜井さんと食べ始めた。

広がる青空が、冬の色だった。

もうすぐ、十一月も終わる。

「……おいしい」

水筒のお茶をコップに注ぐと、桜井さんは満たされたようにゆっくりと飲んだ。

そんな彼を見て、私も感慨を味わいながらお茶を飲んだ。

今月も、手帳にスタンプが押せそうだった。

一月から始まって、結婚計画を加えた九月、十月も、ビジネス手帳を『たいへんよくできました』スタンプで締めくくることができた。

予定では一気に結婚準備に入る、十二月。

あとひとがんばりだ。

「これ」

私は、持ってきた分厚い資料ファイルを、桜井さんに渡した。

「一応、候補の結婚式場とプログラムです」

「え」

「もちろん桜井さんの意見も尊重しますので、これを見ていろいろ検討して」

「いや、あの、そうじゃなくて」

桜井さんは、とまどいの表情を見せた。

「そんなに、あせらなくてもいいんじゃないですか、もう少し、その、おたがいのことを知って、気持ちを確かめるというか、感情の盛りあがりを待つというか」

「盛りあがるまで待つんですか」

「えっ」

「そういうことは、このさい、結婚したあとにでもゆっくり」

その時、私の携帯が鳴った。

仕事中はめったにない、母からの着信だった。

「どうしたの。な……」

用件を聞いたあと、無言で通話を切った。

「香苗さん。どうしたんです。なにかあったんですか」

私は、携帯を手に、呆然《ぼうぜん》と立ち尽くしていた。

父さんの、訃報《ふほう》だった。


半年以上前から、覚悟はしていた。

年内持つかどうかと言われていたから。

葬儀は、十一月の最終日に行われた。

桜井さんも来てくれていた。

花いっぱいの祭壇の中、棺《ひつぎ》で眠る父さんは、おだやかな表情をしていた。

葬儀が進み、すべての弔辞が終わった時だ。

祭壇の前をスルスルと大きなスクリーンが下りてきた。

場内の照明が一斉に落ち、スクリーンに、礼服を着た父さんの大アップが映し出された。

スクリーンの父さんは、話し始めた。

「みなさん。今日はお忙しいところ、ご列席いただき、まことにありがとうございます」

一瞬、場内がざわめいた。

けれど、すぐに静まった。

「みなさまひとりひとりに直接お礼を言いたいのですが、残念ながら私はもう死んでしまったので、それもできません。まったく人生というものは、予定どおりには……」

「こんなの撮影してたんだ」

となりの姉さんが、ささやく。

「うん。わざわざスタジオ予約してたわよ」

横の母さんは、声を詰まらせながら、答えた。

「やっぱり、わかってたんだね」

そう、なのだろうか。

父さん。

「私は、この人生で、たくさんのものを手に入れました。家も、車も、服も、食事も、すべて、一流のものに囲まれて生きることができました。ただ」

スクリーンの父さんの優しい目に、力がこもった。

「ただ、そんなことには、なんの価値もありません。私の人生で、もっとも偉大なできごとは、愛する妻、京子《きょうこ》と出逢《であ》えたことであります。そして、愛する、ふ、ふたりの娘、翔子《しょうこ》に、グスッ、かっ香苗……うーっ」

必死に涙をこらえ、カメラを見つめようとする父さんに、私は涙をこらえることができなかった。

父さんは声をふるわせ、「あの、すいません」と、横にいるらしきだれかに話しかけた。

「ちょっと録《と》り直そうかと……え。編集できる？　あそう。できるの。じゃ」

ふたたび姿勢を正し、どうにか表情を平静に戻して、父さんはつづけた。

「香苗！」

父さん。

「結婚、おめでとう！　今日は、お前の、ウェディングドレス姿を見ることができなくて……」

大好きな父さんの顔が、みるみる喜びにほころんでいく。

「やだ、DVDがちがう。香苗の結婚式用だわ。ちょっと、止めて！」

立ちあがった母さんが、あわてて係の人に指示した。

私も立ちあがった。

「待って！」

父さんの言葉を、もっと聞きたい。

「とっても美しく輝いている、おまえの姿が、目に浮かぶようだよ。香苗、幸せになるんだぞ、なっ。それから、新郎の、どなたか知りませんけども、香苗の夫となるあなた。香苗を、どうか大事にしてやってください。もし香苗を不幸せにするようなことがあれば、すぐにあの世から直接呪い殺します。これは冗談じゃなくて、本気です。まあ、それはともかく、あなたもおめでとう……」

父さんは、わかっていたのだろう。

最後まで、心配をかけて、終わってしまった。

でも、あと、二週間だった。

目標の、結婚式まで、あと、ほんの二週間、だったのに。

葬儀が終わり、家に静けさが戻るのを待ちかねて、私は父さんの部屋に入った。

大きなステレオ。壁いちめんに並んだ本やレコード。

ステレオの上のフォトフレームはどれも、父さん、母さん、姉さん、私、みんなが笑顔の家族写真。

六十一年間の、父さんの人生の軌跡。

「大丈夫、ですか」

桜井さんが、入ってきた。

今日は、朝の葬儀からずっと、家までつきあってくれた。いとまを告げにきたのかもしれない。もう、日暮れだから。

なぜか、とても帰ってほしくなかった。

「私の結婚を、ずっと、心配してたんです」

写真の中の、父さんの笑顔を見つめて言った。

「死ぬ前に、香苗の結婚式に出たいって」

「じゃあ、お父さんのために?」

「そういうわけじゃないです。初めは、そうでしたけれど、今は、もう、ちがうんです」

「……」

「私、根が臆病《おくびょう》で。むかしから、恋愛とか、そういうことが、苦手なんです。本当に人を好きになるって、すごく、怖いことだと思いませんか。でも、私」

笑う父さんの横には、いつも、笑う母さんがいた。

「決めたんです」

桜井さんを、ふりかえった。

「私もちゃんと恋をして、好きな人と一緒に、生きていきたいんです」

彼の目は、写真の中の父さんのように、動かず、じっと私を見つめている。

「私、桜井さんのことなら、ちゃんと、好きに……なれると、思うんです」

「……」

でも、父さんのようには、心の中身まで伝えてくれない。

私はラックのガラス扉を開け、古いレコードを一枚取り出した。

「これ、父がものすごく大事にしていた、ステレオなんです」

桜井さんに背を向けて、色あせたジャケットからレコードを取り出した。

プレイヤーにセットし、針を落とす。

「レコードの方が、音がいいんだそうです」

「あの……」

なにか言いかけた桜井さんの声を、部屋中に響きわたる大きな音色が、かき消した。

「ベートーベンの弦楽四重奏曲、父がお酒を飲みながら、時々ひとりで聴いていて……」

ヴァイオリン。チェロ。ヴィオラ。

大河の水流がゆっくりと寄せ、うねり、運ぶように。

四つの音色は少しずつ寄せ合い、絡み、共鳴し、また離れながら、哀しみや嘆きの大きなうねりへと運ばれていく。

「この曲を聴く時は、父はだまっていることが多かったんです。でも、一度、教えてくれたことがありました」

この曲は人生のさまざまな悲観的状況を表現しているんだよ、と。

憂いとか、苦しみ、葛藤《かっとう》、救われなさとかな。

でもな、香苗。

この曲に共感できなくたっていい。わからなくていいことも、人生にはたくさんあるよ。

お父さんは、香苗には、すべてを知ろうとして、傷ついたりしてほしくない。

自分で予測し、イメージできることだけを目標に、一生懸命がんばればいい。

それだって、そりゃあ大変なことだ……。


「……心配ばかり、かけていたみたいです。私、臆病な上に、小さい頃はずいぶん不器用でしたから。いつもみんなができることが、私だけできなくて。でも、幼稚園の年長さんになった時、先生がとても優しかった。あきらめないでがんばろうって思えて、最後までちゃんとできたら、手帳に『よくできました』ってスタンプを押してくれたんです。大喜びで帰って、父に見せたら、すごく喜んで、すごく褒めてくれて。

それが、とてもうれしくて」

それから、ひとりでブランコに乗れるようになった。三輪車にも乗れるようになった。嫌いだったプールやピアノも、がんばれるようになった。

目標はすべて、父さんが手帳に押してくれる、『たいへんよくできました』のスタンプだった。

私は、レコードを止めた。

「あと、もう一枚。私はこっちのほうが好きなんです」

べつのレコードをセットし直そうとして、ふと、ふりかえった。

床にキャンバスのバッグだけが落ちている。

持ち主は、そこにいなかった。

うしろにいたはずの、桜井さんの姿が消えた。

けむりのように。

バッグを拾いあげていると、

「香苗」

姉さんが顔を出した。

「どうしたの。桜井さんが怖い顔で飛び出していったけど」

「……」

バッグの中のノートが見えた瞬間、予感のようなものがよぎった。

姉さんがすれちがったのは、私の知る桜井さんとは、ちがうのではないだろうか。

見聞きしたことのほとんどを私に話し尽くして、喜びを共有できた、あの桜井さんとは、ちがうのではないか。

でなければ、だまっていなくなったりしない。
その予感めいたかすかな不安は、的中していた。

四、どうしよう⁉　計画どおりにいかない、そんな時

すごくうまくいってた。
結婚までカウントダウンと思ってた。
なのに、なんで。どうして⁉

私は、パタン！　と本を閉じた。
ここまで読んだら、あの時の気持ちがぶりかえしてしまった。
たぶん、私はそれほど感情的な人間じゃない。ような気がしている。
それでも、やりきれないような嫌悪感、反感がこみあげたのを憶《おぼ》えている。
桜井武史さん三十五歳。
彼は、泥棒だった。

それを知った時の、あの私の……。

その時いきなり、バン！　と部屋のドアが開いて、

「これだからいやなのよ！」

姉さんが、いきり立って入ってきた。

明日《あした》の結婚式の衣装合わせをしていたのか、義兄《にい》さんの紋付を抱えている。

「こんなの持ってきて！」

紋付を、私が座っているソファの横にたたきつけた。

「香苗がウェディングドレスなんだから、洋式に決まってるでしょう？　なのに、太ってタキシードが入らなくなってただの、急すぎて仕立てがまにあわなかっただのと」

やっと仲直りしたと思ったら、もう夫婦ゲンカだ。

「明日、式場で借りたら」

「でしょ、それしかないじゃない。それがなに、俺のために自分も和服にするくらいの優しさはないのかって、こうよ。見せたドレスをさんざん褒めといて。けっきょく自分の都合でしか生きてないのよあの人は。万事がそうよ！」

自分の都合でしか、生きていない。

でも義兄さんは、と取りなそうとすると、

「翔子。ここにいたの」

母さんが、ひょこっと顔を出した。

「ちょっと見てごらんなさいって。ぴったりだったのよ、父さんのタキシードが。あつらえたみたい」

「なに、それ」

姉さんの目は、またつりあがった。

そして、

「どうしてそこまで太るの？　サギじゃない。ああもうやっぱり離婚すればよかっ……」

「まあまあ」

と、なだめる母さんとともに部屋を出た。

私は、立ちあがって、開けっぱなしの部屋のドアを閉めた。

ソファに戻ろうとして、あのビデオ映像をもう一度観ておこうと思いついた。

『処分品』と書いた段ボール箱からSDカードを拾い出し、デッキに挿入する。

これは、桜井さんが、泥棒行為を自白した映像だ。

再生ボタンを押すと、桜井さんが画面に映し出された。

そして、彼はいきなり、

「本当に、申し訳ありません！」

と、床に額をこすりつけて土下座。

「あなたのお金を盗《と》ったのは私です。すみません、正確には、お金だけじゃないです、この部屋の酒も飲みました。車のガソリンも減ってますし、あとトイレットペーパーも……」

涙でぐちゃぐちゃの顔をあげてカメラ目線。

「私は桜井武史と申しまして。まあ、そんなことどうでもいいですね。とにかく、死んでお詫《わ》びします」

自嘲《じちよう》ぎみに、しゃべりつづけた。

「俺が死んだってべつにどうしようもないんですが。とにかく、すいませんでした。あ、死ぬって言っても、この部屋は汚したりしません。どっか公園かなんかで死にますんで。ちょっと、丈夫な縄みたいなやつ、お借りするかもしれませんが、とにかく、ごめんなさい」

また土下座する本物の桜井さんの背中が、えんえん流れつづけた。その右ななめ上に、このビデオの撮影日が表示されている。

十月八日。

二ヵ月と五日前。私が生まれて初めて、逆ナンパをした日。

山崎《やまざき》さんが記憶を失《な》くしたまま退院し、短かった桜井武史としての人生を送り始めた日だ。

そして、この映像の中で土下座している本物の桜井さんは、この次の日に私たちの目の前に現れ、「コンドウです」と、あえて俗な言い方をするけれど、ビビりながら名乗った。

中途半端なビデオ映像は、すぐに終わった。

停止ボタンを押して、私はため息をついた。

計画どおりにいかないどころの話では、すまなかった。

結婚相手として選び、逆プロポーズをした人は、役者さんを目指していた桜井さんとは、まったくの別人だった。

正式な名前は山崎信一郎。歳は四十歳。

本物の桜井さんは、山崎さんが記憶を失くしたのをいいことに、彼の人生を盗んだ。

「そう簡単に許せると思ったら大まちがいよ！」

廊下の奥の部屋から、姉さんの大声が響いてくる。

二カ月前、姉さんは、若い頃のように胸の痛みを感じなくなったと言っていた。

だけど、怒りには十二分にビンカンだと思う。

あれもハートのセンサーの機能のひとつかもしれない。

たぶん、私もそうだったのだろう。

泥棒されたのは山崎さんで、私ではないのに。

自分が被害を受けた以上に、反感がこみあげて、

「自分の都合で生きられなくなったから自分の都合で死ぬ。けれど死にそびれて、次は泥棒してまで生きようとした、ということですか。行動に必然性がなさすぎませんか」

と、感情的に批難すると、

「必然で盗んだわけじゃない。できごころだった」

本物の桜井さんは、悪びれずに反論していた。

できごころで盗みはしたけれど、罪の重さに怖くなって、すぐに返そうとした。

なのに、そういうわけにいかなくなったのだと。

彼は、「あんたみたいなお嬢さんにわかるわけがないが」と前置きしてから、「泥棒には泥棒の良心ってもんがあったんだ。しょうがないじゃないか」と、開き直ってい

た。

『盗人《ぬすっと》たけだけしい』ということわざは、人の深層心理をよくついていると私に思わせた。

その言い分は、こうだった。


俺は、死ぬつもりだった。

本当に死ぬ気だったから、世話になった大家さんに遺書も書いた。

だが、首に縄をかけて手を離したとたん、

「うぉぇっ！」

死ぬほど苦しくて暴れたら、縄をかけた電球のヒモが切れて床に落下した。

腰をしたたかに打ち、あまりの痛さと、情けなさに涙が出た。

汗だくで座卓まで這《は》い、タバコを吸おうと箱を開けたが、あいにく、空だった。

最後にもう一服して死のうか迷いながら、財布の中身を座卓に広げてみた。

千四百四十六円、か。

タバコを三箱買ってきてぜんぶ吸ってから死ぬか、と思ったところへ、小銭に混じっていた紙切れを見つけた。

いつもの風呂《ふろ》屋の回数券だった。

そういえば、と俺は体のにおいを嗅《か》いだ。

リカの結婚を知った三日前から、風呂に入っていない。

かいた冷や汗が、けっこうな体臭まみれだ。

タバコ屋のおばちゃんは、行くといつも俺のことをハンサムだ男前だと褒めちぎってくれるから、おばちゃんをがっかりさせちゃあな、と思い、行く前に風呂屋に寄ることにして、座卓の上の全財産とライター、そして、回数券をポケットに入れて部屋を出た。

アパートの外階段を下りると、郵便受けをのぞいた。

新聞も取ってないし、手紙を寄こす身内もいなかったが、リカと別れてからの習慣だった。

なにか届いているかもしれないと。

一緒に撮った写真とか。俺を主演に決めていたはずの自作の脚本とか。

または、『タケちゃん、やっぱ好きだョ！』というような内容の手紙とか。

だが、郵便受けに入っていたのは区民税請求書のみだ。

お早目の納税をお願いしますって、ちぇ、死ぬのに払うかよ、と道ばたに投げ捨てたんだが、そこを掃除中の大家さんに見られた。

しかたなくまた拾ってジーンズのポケットに突っこみ、風呂屋へ向かった。

そこの脱衣所で、服を脱いでた時だ。

いかにも地元の人間じゃない、場ちがいな格好のこいつが、えらそうに入ってきた。

番台で石鹸《せっけん》やタオルを買うと、俺の横で服を脱ぎ始めたんだ。

高そうなスーツのポケットから出した財布を、無造作に、低いロッカーの上に置いた。

分厚くふくらんだ高そうな財布だった。

金のあるやつがこんなショボい風呂屋に来るな、と思いながら、俺はさっさと風呂場に向かった。

洗い場をざっと見まわし、見覚えのあるじいさんを見つけた。

一度、そーっと石鹸を使ったが、見て見ぬふりをしてくれた、いいじいさんだ。

俺は、またさりげなく横に座り、じいさんが頭を流し始めたのを機に、石鹸に手を伸ばした。

だが、じいさんは、思いがけず、俺の手をピシャッと打った。

ふいを突かれた俺は、石鹸を取り落とした。

そこへ、「ワーイワーイ」と水鉄砲を持った子どもが走ってきて、タイルに落ちた石鹸を蹴《け》った。

石鹸は、勢いよく風呂場の入り口のほうへ滑った。

それを、ちょうど入ってきた人間が踏んづけて転んだ、というわけなんだが、転んだといっても、男の体は宙高く反転して、落ちたタイルにしたたかに頭を打ちつけた。

ガキーン、と響いた、ただごとじゃない音が、風呂場の平和なざわめきを飲みこんだ。

「なんだ」

「どうした」

「おい大丈夫か！」

横のじいさんも、驚いて立ちあがった時だ。

俺の足元に、なにか平べったいものが滑ってきた。

鍵《かぎ》、だった。

手首にひっかけるゴムのついた、脱衣所のロッカーの鍵だ。

それを拾うと、俺もやじうまの輪のほうへ向かった。

「こりゃ大変だ」

「頭を打ったぞ」

「パパーこのおじちゃん死んだのー」

「あ、触っちゃいかんぞ」

「こらマー君やめなさい」

「いや、たまげたな」

すっぱだかで、タイルに倒れていたのは、こいつだった。

目の前でロッカーにスーツや財布を入れていた、羽振りのよさそうなよそ者。

「……」

こいつの手首には、ロッカーの鍵がなかった。

すっ転んでぶっ倒れた時のはずみで外れ、俺の足元に滑ってきたらしい。

こいつのか……。

一瞬の、できごころだったんだよ。

だらりと伸びたこいつの手元に、俺は、俺のロッカーの鍵を置いてた。

「ちょっとそこ空けて、あけてあけて！　そっち側行きたいから、ちょっとおじいちゃんどいて！」

やがて、救急車が来て、こいつをタンカで運んでいった。

救急隊員のひとりが、こいつの手元に置いた俺の鍵でロッカーを開け、俺の荷物をぜんぶ持ってったよ。

もっとも、このロッカーでまちがいないか、この荷物でまちがいないかって番台のおばちゃんに確認してたけど、おばちゃんは、「はいはい」しか言わないよ。覚えちゃいないよ。

「そりゃねえだろうよ」

「どうかねえ」

「まあ、あれだけ打ってちゃなあ」

「加茂大学病院だってよ」

まわりのやつらは、事故の話に夢中で、だれも俺を見ていなかった。

心臓の高鳴りを抑えつつ、すりかえた鍵の番号の、ロッカーを開けた。

閃光《せんこう》を見た思いがしたよ。

高級スーツと高級腕時計を身につけ、分厚い財布を内ポケットに入れると、俺は無心状態で風呂屋を出た。

小走りに通りを歩きながら、スーツのポケットを探ったら、車の鍵が出てきた。

なにげなくボタンを押すと、風呂屋の駐車場に停まっている車が、いきなりライトを点滅させた。

しかも、相当高そうな車。

二重にびっくりして、おそるおそる、もう一度リモートキーボタンを押す。やっぱり、灰色のその高級車は反応した。

こんなのに乗っちゃったら、俺の窃盗罪は、懲役で五年は長引くかもしれない。

躊躇《ちゅうちょ》しながらながめているところへ、となりの車がいきなりエンジンをかけたんで、ビビってよろけた拍子に高級車のドアに手をついた。

すると、防犯センサーが反応して、キューーン！　キューーン！　と大音響のアラームが鳴りだした。

「うわっ！」

あせってキーボタンでアラームを止め、車に乗りこむと、大急ぎでエンジンをかけてそこから走り去った。

これで、いよいよ生きていられなくなっちゃったな……。

そんな暗い気分で、アクセルを踏みつづけてたよ。

といううしろ暗さは、ちょっとのあいだ消えたけどな。

走りは優雅で、装備は豪華だし。

追い越す車、道を歩く老若男女、貧乏人たちが俺を尊敬のまなざしで見ている。

金か。人間って、結局、金なんだよな。

俺は、金なんかに動じないけどな。

事実、信号待ちで、財布の中をのぞいてみた俺は、ピクリとも動けなかった。

一センチの厚みの万札って、これ、いくらだよ。

え、動じてる？　なんで。動けなかったんだから動じてないだろう。ま、いいや、それはどうでも。

それで、うしろの車にクラクションを鳴らされて、あわてて走り出しながら、そうだ、と思った。

金を返そうと思いついた。

返すつもりが、何年経っても返せていなかった。

死んだら結果的にふみたおしたことになる。今さら気まずいが、ふみたおして死ぬよりはマシだった。

まずは、浩二ってやつ。

アパートの前で待ち伏せしてたら、夜が朝になっちゃって、出勤するところをつかまえた。

「桜井」

幽霊でも見たような顔の浩二に、「よう」と手をあげた。

何年前になるんだろう、と思った。

浩二が、熱い目をして劇団マッシュルームに入団してきたのはさ。安スーツに安ネクタイをした浩二は、サラリーマンがすっかり板についてた。

「ひさしぶりだな。おまえ、なにやってんだよ」

俺の車や服を、浩二は、やけにじろじろ見た。

うらやましいんだな、こいつ、と思った。

俺は、悠々と財布から万札を四枚取り出し、浩二に渡した。

「長いあいだ、悪かったな」

「……ああ。桜井、就職したのか」

「いや。またな」

「おい……」

正直、ちょっといい気分だった。

俺は背中で手をふると、路上で待つ愛車へと、ゆっくり歩き去った。

次は、なじみのパン屋だ。

閉店直前に飛びこむと、山盛り三百円で売ってくれた気のいいパン屋だが、そのツケさえたまって出入りしにくくなっていた。きれいにツケを返して、これでまた買いに行けるとホッとしたけど、考えてみれば、もうパン買うこともないんだなと。安く買えた喜び、とかもさ。

そん時は、ああ、死ぬってこういうことかと、ちょっとさみしかったね。

それから、演出家志望だった、川辺《かわべ》ってやつ。

浩二とおなじようにサラリーマンになってて、羽振りの良さそうな俺に驚いていた。

最後に、もうひとり。

「行くか。ああ、でもな」

さんざん悩んでいたのは、通いなれたリカのアパートだ。

会うのは怖かった。

だが、これを逃したら、一生会えないかもしれない。

そうだ。会えない。俺の一生は、もうじき終わる。

決心したあと、服屋に寄った。

リカが、「このブランド好きなんだよね。タケちゃんけっこう似合うんじゃない」

と言っていた、イギリスの服屋だ。

そこで『トラディショナルスマートにスパイシーなディテールをブレンドしたマスキュリンなメンズカジュアルライン』とかいう、しつっこいこだわりがあるらしいわりには平凡な服で身を固め、リカのアパートへ向かった。

引っ越しのトラックが停まっていた。

もしかして。

ゴミ置き場の前に車を停めて、道路に出ると、大量のゴミを抱えて歩いてくるリカに出くわした。

「あれっ、タケちゃん」

リカも俺に気づいて、驚いた顔をした。

変わっていなかった。

「引っ越しか」

リカは、うれしそうに言った。

「うん。私ね、結婚するの。留守電にメッセージ入れたんだけど、聞いてない？」

「聞いた」

俺はポケットから万札を取り出した。

「だれとも連絡取ってないんでしょ。今なにしてんの」

「べつになにも」

ちゃんと数えてポケットにつっこんできた万札を、数えるふりをした。

目を合わせるのは、耐えられそうになかった。

「劇団つぶれてから、みんなバラバラになっちゃったけど、たまに集まって飲んだりしてるんだよ、浩二とか川辺さんとか、みん……」

「これ」

リカの言葉をさえぎって、金を渡した。

「タケちゃん。わざわざ、返しに来てくれたんだ」

リカは、すまなそうに受け取った。

「ずっと気になってたんだけど。悪かったな、遅くなって」

アパートの、なつかしい部屋の窓から、「リカー!」と見知らぬ男の声がした。

リカが、ちらっとそっちをうかがった。

「……じゃあな」

くるっと、俺はいさぎよく背を向けた。

「タケちゃん」

「……」

まさか、『やっぱ好きだョ！』か？

「タケちゃんの荷物、ほとんど処分しちゃったけど、写真とかアルバムとかならまだあるんだ。どうする？」

「いらねえよ」

俺は、歩きだした。

「タケちゃん」

「なんだよ」

ムッとしてふりかえった。

「ジャケット、タグが付いたままだよ」

「え」

あわてて背中にぶらさがるタグを引きちぎった。

「ふふっ。変わってないね」

リカの笑顔に、胸も引きちぎられそうだった。

「……。そう、でもないよ」

こんち時が、真剣に桜井武史を捨てたくなった、本気の瞬間だったかもしれない。

「ちょっと待って。写真だけでも持ってって」

リカは、持ってきていたゴミ袋をゴソゴソとあさり始めた。

「……」

リカ。

「あれ、たしかさっき、この袋に。ちょっと待ってね」

わかったよ。もういい。これが最後なんだな、本当に。

浩二、川辺、そしてリカとともに過ごしたあの日々。

おなじ夢を語り、たがいに守りあっていた俺たち。

『私、やっぱり、女優向いてない気がする。でもさ、脚本書いてみようかなって。お芝居が、どうしても好きだから。へへ、タケちゃん主演やる？』

リカ、リカ！

渡された写真を見ながら、車の中で俺はひとり号泣した。

もう、いらないんだな、俺。

俺たちの夢。

それ以外のなにを選んだんだよ、リカ。

「くそーっ」

車の窓から写真を投げ捨て、俺は車を走らせた。

俺はちがう。こんな俺が、三十五年も生きつづけるには、夢しかなかった。失《な》くした時は死ぬ時だ。

十月八日。俺の人生の幕が、頭上から下りてくるのを感じていた。

だから、そのまま加茂大学病院へと向かったんだ。


ビクビクしながら病室に入ると、風呂《ふろ》屋で気絶してた時とおなじけわしい顔して、こいつは寝ていた。

枕元に立ち、持ってきた紙袋をそーっと床に置く。高級スーツその他、盗んだ鍵《かぎ》のロッカーに入ってた所持品一式だ。

できごころでした。申し訳ありません。お返しします。

あと、ここに俺のロッカーの中身があるはずだ。

サイドボードを見ると、俺のチェックのシャツやジーンズが置いてあった。

あった、俺の服。

と、その時、服に伸ばした腕を、いきなりグッとつかまれた。

「ヒッ」

いつのまに目を覚ましてたのか、こいつが、俺をにらみつけていた。
ハンパじゃない目力に、ビビってごめんなさい、と叫びかけた。
だが、
「あなたは、私の、お知り合いの方、でしょうか」
目力と腕をつかむ指がゆるむ。
俺はサッと手を引きぬきながら、首をふった。
知り合いかどうか、見りゃわかる……。
「すいません、ちょっと思い出せなくて」
思い出せない。
とは？
こいつ、別人みたいに不安そうな顔して、弱々しく言った。
「頭を打ったらしくて。お風呂屋さんで転んだらしいんですが。あの、あなたは」
本当は、ぜんぶ白状して詫《わ》びるつもりだったんだ。
だが、人間の心理ってのは、ものすごく複雑なんだよ。
だから、急に運が向いたような淡くうれしい予感に負けて、ためしに訊《き》いてみた。
「いや、その。きのう、俺もその風呂屋にいたもんで、大丈夫かなあと思って。思い出せないって、なにを？」

　すると、いきなり、

「桜井武史」

　と、俺を呼んだ。

「――え」

　だが、ちぢみあがる俺をしり目に、サイドボードから区民税請求書を取って見せると、

「私の、名前、らしいんですが」

　と、うたがわしそうに宛て名を見つめていた。

　自分は桜井武史だと思おうとしている……っぽい。

　そこへ、医者が入ってきた。あわててこいつに「おだいじに」と言って立ち去ろうとすると、「これは？」と紙袋を指さすもんだから、「ああ」とそれをひっつかんでそそくさと病室を出た。

　冷や汗だらだらでエレベーターに乗り、病院の玄関へと歩いていると、自動ドアから大家さんが入ってきた。

「桜井さん」

俺を見て、ひどく驚いた。

「ど、どうも」

おそるおそる頭を下げた。

「大丈夫なの、なんか、ぜんぶ忘れちゃったって」

「あ、大丈夫、です」

「そうか。よかった、よかった。急に、来てくれって病院から電話があってさ。あんたがなにも持ってないって言うから、一応アパートに入らせてもらって、机に財布と携帯があったから、持ってきたよ」

大家さんは、下げていた紙袋を広げた。

「着替えも適当に入れてきたんだけど」

「わざわざすいません」

俺は紙袋をひったくり、

「あの、もう大丈夫なんで、行きましょう」

と、大家さんを出口のほうに押し戻した。

「そう。家賃滞納してんのも思い出した？」

「もちろん思い出してます。今払います」

「え。払えるの」

万札を十二枚渡した俺は、「ああ、やっぱり外はいいなあ。じゃ」と、散歩ふうにほがらかに外へ出て、大家さんの車が走り去るのを見届けてから、灰色高級車に乗りこんだ。

とはいっても、行くあてがあるわけじゃない。借金はぜんぶ返しちゃったしさ。

アパートに戻ろうにも、鍵はジーンズのポケットに入れたまま。病室で取り返そうとしたけど取り返せなかった。

しょうがなく、カーナビの『自宅に帰る』を選んで、案内どおりに車を走らせた。

都心のはずれの国道沿いにある、スカしたマンションに着いた。

部屋番号を確認するために、免許証を見る。

山崎信一郎、これが名前か。生まれは俺より五年早い。

一三〇六号室、だな。

エントランスのインターホンを押してみる。

だが、だれも出ない。

なので、俺はおそるおそる部屋に向かった。

「すげ……」

中に入って、俺はビビった。

広い。きれい。

家具もシブい感じにシャレてて、たぶん高い。相当な金持ちなんだと、みるみる後悔と絶望に襲われた。

できごころで風呂屋の鍵をすりかえただけでは、もうすまされない。

犯してしまえば勝手に大きくふくれあがってしまう、それが罪だと身にしみた。悪いことはできない。

俺は、冷蔵庫の缶ビールをくらった。ヤケクソにでもならなきゃ、罪悪感に押しつぶされそうだった。

そして、紙とペンを探し出すと、心をこめて、こいつに手紙を書いた。

病院ではしそびれてしまったが、ひとこと詫びておきたかった。

『山崎さんへ　もうしわけありません。私は風呂屋であなたのかぎを』

走らせていたペンが止まる。

かぎ、ってひらがなではみっともないな。だが、漢字を思い出せない。文面を変えよう、と思ったところでトイレを借りた。俺はガキん時からそうだったが、勉強じみたことをすると腹が痛くなる。

トイレから戻って、また書いた。また失敗。精神的に追い詰められているせいか、字が乱れてしまう。

あ、タバコの灰を落とした。これも捨て。

何度も書いては捨ててをくりかえし、イライラしてきた俺は、ふと、目の前の大型テレビの横に、ビデオカメラが置いてあるのに気づいた。

そうだ。俺は作家じゃない、役者だ。これにしよう。

そして、録画状態にセットし、赤いランプが点灯しているカメラに向かって、

「本当に、申し訳ありません！」

と、床に額をこすりつけて土下座。

「あなたのお金を盗《と》ったのは私です。すみません、正確には、お金だけじゃないです、この部屋の酒も飲みました。車のガソリンも減ってますし、あとトイレットペーパーも……」

しゃべっているうちに、感極まって泣けてきた。だが、撮影中だ。リハじゃない。

涙でぐちゃぐちゃの顔をあげて、カメラ目線。

「私は桜井武史と申しまして。まあ、そんなことどうでもいいですね。とにかく、死

んでお詫びします」

自嘲《じちょう》ぎみな気分でしゃべりつづけた。

「俺が死んだってべつにどうしようもないんですが。とにかく、すいませんでした。あ、死ぬって言っても、この部屋は汚したりしません。どっか公園かなんかで死にますんで。ちょっと、丈夫な縄みたいなやつ、お借りするかもしれませんが、とにかく、ごめんなさい」

気持ちがしっかり伝わるように、えんえん土下座をつづけてから、そろそろいいかなと立ちあがり、録画を停止した。

これで、やり残したことはない。

俺は、空っぽな気持ちになり、さっそく丈夫な縄みたいなものを探し始めた。

ベッドのある部屋にいくと、ウォークインクローゼットがあったので、ベルトでもないかと、中に入ってみた。

金持ちらしく服も大量だ。

「ん」

よく見ると、ハンガーにつるされているのは、おかしな服ばかりだ。

医者の白衣。警察の制服。ヤクザ風のジャケット。トビの職人がはくニッカボッカ。

ピザ屋のウィンドブレーカー。

引き出しを開けてみた。

カード類が、小箱にぎっしりと並べてある。

「なんだこれ」

何十枚もの免許証や社員証、IDカード。

『東京地方検察庁　検事　吉田賢治』、『北神奈川市役所職員証　竹淵』、『こまくさ病院　外科医師　徳島康夫』、『WORLD CENTRAL OFFICE JAMES BUTLER』……。

なんなんだよ、これ。

ぜんぶ身分がちがうが、顔写真はどれも、あいつの顔だ。

「……」

俺は、寝室の中をよく見てみた。

ベッド脇の棚には、ナイフ、スタンガン、盗聴器、警察手帳。

おまけに、ある箱を開けて、息を飲んだ。

拳銃《けんじゅう》、だ。

ずっしりと重い、物騒なそれを取り出して、じっとながめた。

頭が混乱していた。

だが、考えるのもめんどうだったし、本来の命題を思い出したんで、いっさいの思考を停止した。

そして、拳銃をこめかみに当てた。

しずかに目を閉じる。

その時。

「チャラリ〜チャラチャラリ〜！」

と音楽が鳴り響き、

「うわっ！」

拳銃を床に投げ捨てた。

「うー……」

心臓がバクバク鳴っている。

音楽は携帯の着信だった。だが、俺のじゃない。

スーツに入ってたスマートホンだ。しつこく鳴りつづけている。

「……」

俺は、おそるおそる、電話に出た。

「もしもし。コンドウさん、ですか。藤本《ふじもと》ですが」

声を抑えた男が言った。

コンドウ。

俺は、迷ってから、「はい」と答えた。

「めずらしいですね」

「え」

「いえ、いつも留守電だったもので、直接お声を聞くのは初めてだなと」

頭の毛穴から、ドッと冷や汗が吹き出す。

藤本という男はつづけた。

「あの、ギャラをお支払いしたいんですが。どういった方法がご希望かお訊《き》きしようとお電話しました」

「ギャラって」

「ええ。工藤《くどう》さんから、コンドウさんの指示どおりに渡せと」

「いくら……?」

「金額ですか。五百万、ですよね」

ふと好奇心で訊いてみた俺は、のどに突きあげた驚きの声をかろうじて抑えた。

「おたがいに顔を合わせない方法でということでしたので、どこか場所を指定してくだされば、そこに置いておきます」

「置いといて、くれるの」

「ええ、どこか安全な場所があれば、明日《あした》の昼には届けられます」

「……」

俺は、アパートの郵便受けを指定した。

そう。

つまり、あんたに会った前日の話だよ。

次の日、アパートにギャラを取りに行き、郵便受けをのぞいているところを、コンビニ帰りのこいつに見られた。

え、俺のかわりに撮影現場でエキストラを？

あっそうか。あれは、十月九日だったのか。まあいいよ、そっちのギャラは返さなくても。使っちまったんだろう。

とにかく、郵便受けには、まだ約束の金が入っていなかったし、こいつの状況も気がかりだったから、誘われるまま部屋にあがった。そこへ、あんたがやってきた。

劇団マッシュルームのことをどっかで調べて、つぶれたらしいとこいつに報告してたな。一瞬、なつかしかったよ。

名前を聞かれたんで、とっさにコンドウと名乗ったが、あの時までは、まだ口からのでまかせ、その場しのぎの言い逃れですんだんだ。

あんたたちを置いて、アパートの部屋を出た直後からが、本当の意味での開幕だった。

こいつの代役としての、俺の舞台はな。

あんたさ、そうやって俺を批難するけど、こいつは泥棒どころの話じゃない。

あんた、必然性だの言うわりには、ずいぶんヤバい男をひっかけちゃったもんだね。

「俺も、ずいぶんヤバい女をひっかけちゃったもんだな」

「なら離婚すれば」

「それができるなら苦労しないよ。結局、惚《ほ》れてんだろうな、翔子に」

「最初からそう言えばいいのよ。ほおら」

「なにするんだよ、おい。よせ、恥ずかしいだろ」

廊下を歩く、姉さんと義兄《にい》さんの声がした。

ソファの紋付を見ながら、やっぱり姉さんと私は姉妹なのだろう、と思った。

なぜなら、義兄さんは太ったとはいえはつらつとして健康だし、なにより努力家だ。でなければ、この家に引っ越してきたりしないはず。

亡くなった父さんにかわって母さんのことも守ろうとは、思わないだろうから。

私は、本物の桜井さんが撮影した、謝罪ビデオのSDカードをデッキから取り出し、『処分品』の段ボール箱に戻した。

そして、ふたたびソファに腰をおろして、本のつづきを読み始めた。

とつぜんのカレの変化に、ショックを受ける気持ちはよくわかる。

だけど、あわてたりさわいだりするのは、NG。

結婚前の男のコって、とってもナイーブなのだ。

さあ、深呼吸して。冷静に。おちついた?

YES。

では、ここからが、あなたの器量の見せどころ。

恋はひたすら全速力でつっぱしればいいってもんでもない。

いったい、今、ふたりのあいだに、なにが起きているの?

それを知るために、立ち止まって過去をふりかえってみる時間も必要だよ。

五、現実と理想のギャップって？

葬儀のあと、父さんの部屋でベートーベンの弦楽四重奏曲を聴いている最中に、山崎さんが、突然姿を消した。

私はもちろん、キャンバスのバッグを拾いあげて、すぐに追いかけた。

その時点では、まだ彼のことを、桜井武史という名前で三十五歳の役者志望の男性で、健康で努力家の結婚相手だと思っていたから、当然だった。

玄関を出ると、タクシーに乗りこむ姿が見えたので、いそいで車のエンジンをかけ、追いかけた。

私を引っ張るタクシーのテールランプを見つめながら、なんとなく察していった。

なんらかの誘因が起きて、急に、記憶が戻ったのかもしれないと。

タクシーが彼を降ろしたのは、都心のはずれにある国道沿いの、まだ築年数の浅い瀟洒《しょうしゃ》なマンションだった。

なんの迷いもなくエントランスに入っていった、堂々とした雰囲気の姿を見て、私はハンドルに体をあずけながら、予感じみた不安が大きくぶりかえすのを感じた。

たとえ、突然記憶が戻ったにしても、なにも告げずにだまって家を飛び出した、その理由はなんなんだろうと考えているうちに。

桜井武史という名前。

三十五歳という年齢。

役者志望の、経済的に、今は豊かではない男性。

貧しさの象徴のようなアパートに住んでいて、物心つく前に両親を亡くして、定職もなくて。

でも、健康で、努力家で、おいしいとか楽しいとかうれしいとか、いろんな小さな感情を共有できていた、きっとうまくやっていけると確信した人。

やっと出逢《であ》えた私の結婚相手。

では、ないのだろうか。

息苦しくなっていった。

そのせいか、それ以上あとを追うことができなかった。

私は、マンションのそばに車を停めたまま、Uターンして帰路につく自分自身の判断を、じっと待ちつづけた。

真横の国道では、夕暮れだというのに、まるで一日がこれから始まるかのように、車が意気盛んに通り過ぎる。

そんなあたりまえの景色から、自分だけはじき出されてしまったような、たまらない心細さが押しよせていた。

悲しみっていうのは、だれかに着せられた、あなたに似合わないドレス。

苦しみは、だれに頼まれもしないのに、自分で着た似合わないドレス。

イヤならどっちも脱げばいいってこと。

とは言うものの、そう単純にはいかないのが、わたしたち女のコという生き物だよね。

こんなの脱いで、もっとHAPPYな気分になれるドレスを着たいっていう思いが、理想。

なのに、どうがんばってみても脱げない。これが現実。

このギャップ、どう埋めたらいいの?

じつは、答えは意外と簡単なのだ……。


マンションのそばに車を停めて、二時間くらいした頃。

私は、ハッと前を見た。

対向車線でウィンカーを出しているのは、あのクライスラーだ。まちがいない。

その時、運転席にいたのは、あの時点ではコンドウさんだと思っていた、本物の桜井さんだった。彼は、マンションの地下駐車場へと車を滑らせた。

コンドウさんも、ここへ。どうして？

つづいて、対向車線からグイッと乱暴に道路を横切る車があった。

黒いセルシオ。

マンションの正面に横付けされて、中から男性ふたりが降りてきた。

見るからに、ヤクザ風の人たちだ。

彼らは、まるでなにかを追うように、マンションのエントランスに入っていった。

「……」

今見たことを、きちんと整理する必要がある気がして、私はビジネス手帳を開くと、裏表紙近くのフリースペースにメモ書きを走らせた。

◎桜井さん↓記憶を取り戻した？　とつぜんいなくなり、タクシーで弥生《やよい》台一丁目交差点そばのマンションに入る
◎コンドウさん↓その二時間後にクライスラーでやってきて、おなじマンションに入る
◎ヤクザ風男性二名↓コンドウさんを尾行していたかのようにやってきて、やはりマンションに入る

これらは、おのおの個別の行動で、たんなる偶然。相関関係、必然性はないということもある。

だけど、あるかもしれない。

考えても、予想のしようがなかった。

ただ、Uターンして帰路につくという選択肢を消すだけの、胸騒ぎを感じさせるものがあった。

なので、そのまま車の中で、マンションのエントランスを見つめていたのだけれど、ほどなくして、さっきのヤクザ風男性二名が出てきた。

「あ」

ふたりは、乗り捨てた黒いセルシオに乗りこむと、すぐに走り去った。

やっぱり、無関係だったのかもしれない。

でも、また来るかもしれない。

桜井さんか、コンドウさんの、どちらかが出てくる可能性もある。

時計を見ると、七時だった。

もう、このさいだから、門限の十一時まで待ってみよう……。

なにも変化なく、二時間くらい過ぎた頃。

トントン、とだれかが運転席のウィンドウをノックした。

見ると、ぺこりと頭を下げたのは、ひょろりと背の高い、黒ぶちメガネの男性。

編集部の谷口さんだった。

「谷口さん」

私は、ウィンドウを下ろした。

「あ、今日は父の葬儀にご参列いただいて、ありがとうございました。どうしたんですか」

谷口さんは、返事をしなかった。

そして、思いつめた表情で一通の封筒を差し出すと、くるっと後ろを向いて駆け出し、車道の向こうの夜の闇へと消えていった。

「……」

どうしたんだろう、谷口さん。きのうまでの欠勤といい。

もらった封筒を開けようとしたと同時に、目の前の地下駐車場入り口から、クライスラーが出てくるのが見えた。

運転席にいるのは、山崎さん。

助手席にいるのは、本物の桜井さんだった。

「――!」

私は、谷口さんからの手紙を、開いていたビジネス手帳のあいだにはさむと、すぐにエンジンをかけ、ふたりのあとを追いかけた。

そうだった。

すっかり忘れてしまっていた、谷口さんの手紙。

あの時、手帳にはさみっぱなしにしたままだったのだ。

ずいぶん日が経ってしまったけれど、読んでみようと思い、ビジネス手帳を取り出した。裏表紙近くに、白い封筒がはさまっている。

中に、数枚のＡ４用紙が四つ折りで入っていた。

広げてみると、いちばん上に、メモ書きが添えられてある。

『水嶋香苗編集長殿

突然、このような文書をお渡しする無礼をお許しください。

加えて、上司である貴女《あなた》を恋慕するあまり、愚行に走ってしまったこの罪も。

これまで、ありがとうございました。

僕は、人事に異動願いを出しております。異動先は、『実話ダイナマイト』です。

幸い、大谷編集長には著しく能力を買われ、年内には『ＶＩＰ』を去ることとなりそうです。

おなじ編集部で過ごした輝くような日々は、忘れません。美しく汚れのない貴女を見ているだけで幸せでした。

この報告書は、愚かにも貴女をストーカーしてしまったことから発覚した事実をまとめたものです。

こんな僕が、最後に貴女のお役に立てるとしたら、これしかありません。

どうかお目通しの上、悪夢のような危機から早く逃がれてください。ご無事をお祈りしています。

谷口肇』

報告書 ～永遠の天使に捧《ささ》ぐ～

取材・文 ダーク谷口

九月が終わりを告げようという、おだやかな初秋の日だった。

私は、職場ミーティングの席上で、心のマドンナであるM嬢から結婚報告を受けた。

幸い、相手はこれから探すとのことで、私は一も二もなく立候補を申し出た。しかし、受理されなかった。

気落ちはしたものの、部下たちを前にしての建前だったのかもしれない。もっと私のことを知っていただけば、候補になりうる可能性もある。そう思い立たせた無垢《むく》な恋情が、この驚くべき事実を知るきっかけとなったことを、最初に記しておく。

私がM嬢を追い始めたのは、ふたりで話す機会を得たいがためだった。しかし、一週間は、特筆すべきできごともなく過ぎた。

事件の幕が開いたのは、その直後。

朝の情報番組では、岩城商事の岩城社長が失踪《しっそう》して二夜が明けたと報道されていた。

そんな十月八日のことである。

同日の夕刻。M嬢は、闘病中の父君を見舞った病院の出口で、ひとりの男に道を訊《き》かれた。

この人物を、Kとする。

心優しきM嬢は、退院直後とおぼしきKに、車での自宅送迎を買って出たようだった。

Kを乗せたM嬢の車は、現代社会の底辺をかいま見るような、古びたアパートに着いた。

そこでKを降ろしたあと、ひとりで車中にいたM嬢に、私は、今こそ好機、と接触を試みる。しかし、私が近づくより早く、M嬢はKを追って二〇二号室に入っていった。

衝撃。不安。そして、胸をかきむしるような嫉妬《しっと》に焼かれた十分間を過ごしたのちに、M嬢が愛くるしいあわてぶりで出てきて車に乗りこみ、走り去るのを見届ける。

その後、M嬢は部下のL嬢の口利きで合コンに参加するも、一次会のみで帰宅。またしても、ろくな参加者に恵まれなかったらしい。

白百合《しらゆり》のような横顔には失望が色濃く浮かび、遠目から見送る私は、物陰でひそかに胸をなでおろしていた。

翌十月九日。この日、M嬢は、とある焼きとりの隠れた名店を取材するスケジュールを組んでいた。

だが、予定時刻より一時間も早く編集部を出発。

悪い予感がした私は、急ぎあとを追った。

M嬢は、前日に情けを施した、Kのアパート前で車を停めた。

私は、ふたたびこみあげる嫉妬と闘う用意を整えかけた。

だが、そこでふと、おかしな光景に気づいた。

社会的零落者の巣窟《そうくつ》のようなアパートに似つかわしくない、一台の高級車が停まっている。

――クライスラー三〇〇Cか。

キナくさい匂いがした。

汚れを知らない天使に、どんな小さな危険をも近づけてはならない。

そう思いながら、M嬢が入っていった二〇二号室をじっと見あげていると、十分後に、ひとりの男が部屋から出てきた。

この男、Sである。

Sは、ひょろりと背が高く、訊かれずとも自身の小心を触れまわっているような顔つきをしていた。

おそらくは人生の奈落《ならく》を這《は》いずっている、そんな気配を漂わせていたのだが、それにもかかわらず、M嬢が、その清楚《せいそ》なハイブリッドカーをたしなみ深く横並びに停めた、例のキナくさい車に乗りこんだのである。

Sは、いったん乗ったクライスラーから、サングラスとマスクで顔を隠して降りてきた。そして、二〇二号室の郵便受けをのぞいた。また、車に乗る。降りる。郵便受けをのぞく。これを何度もくりかえしている。

あきらかに、挙動不審だった。まるで、ドラッグの投函《とうかん》を待っている密売業者か、殺しの報酬の引き渡しをここに指示したヤクザの下請けさながらだ。

たしかに、こんなアパートの郵便受けであれば、だれにマークされることもないだろう。

見かけは軟弱でつぶしが利かないようでも、じつは存外なワルなのかもしれない。

世の中には、そんな思いもよらない人間もいるということか。

——なにを。ほかでもない私自身がそうじゃないか……。

と、自嘲《じちょう》した時だ。

執拗《しつよう》に郵便受けをのぞいていたSの背後に、突如ふたりの不穏な男がたちはだかった。

この男たちは、あきらかにヤクザだ。だが、安っぽいなりからすると、まだ一介の兵隊だろう。

「コンドウさんですか」

Sに向かって、痩《や》せた若い男が、慇懃《いんぎん》な口調で言った。Sは、ビクッとふりむいた。

「申し訳ありません。ゆうべの電話では、ここへギャラを入れるってお約束でした。ですが、工藤さんがどうしても直接お渡ししたいと言ってます」

もうひとりの中年男も言った。

「お車を用意してます。どうぞ」

Sは、声も出せずに硬直していた。

そこへ、上方の二〇二号室から、M嬢とKが出てきた。

ふたりに見られることを恐れたにちがいない。Sは、とたんにヤクザの案内に従い、アパートの前から、逃げるように離れた。

外階段を下りてきたM嬢は、小鳥がさえずるように、「焼きとりとか、好きですか」とKに話しかけている。Kは「憶《おぼ》えていません」と答えると、M嬢の車の助手席に乗ろうとした。

究極の選択に、私は葛藤《かっとう》した。

M嬢は、Kを取材に同行する気なのだ。

追いたい。

しかし、Sというあからさまに不審な男が、愛の妖精《ようせい》M嬢と接触を持ったという事実を放っておくこともできない。

Sを追うか。M嬢を追うか。

私は、Sを選んだ。

それが、真にM嬢を守ることだと確信したからだった。

Sを乗せた車は、猥雑《わいざつ》な繁華街の一角に着いた。

三人が入っていったのは、ヤクザが情婦を住まわせカモフラージュしている、典型的なアジトである。

そこで私がのぞき見たものは、まさに震撼《しんかん》すべき事実だった。

狭く散らかった部屋のダイニングテーブルで、Sを待っていたのは、四十前後のスキンヘッドの男。

暴力団神和会の次期総長を噂される、工藤純一その人だ。

工藤は、『毒ヘビ』の異名のとおりに細い目をヘビのように光らせ、始終薄笑いを浮かべていた。

「思ったよりずっとお若いですね、コンドウさん」

工藤は、手下のチンピラと同様に、Sを『コンドウ』と呼んでいた。

「岩城社長の件、ありがとうございました。見事だったようですね。死体はもう処理されたんですか」

工藤はどうやら、十月六日に起きた、岩城商事の岩城社長失踪事件のことを言っているらしい。

だが、死体。

――では、行方不明として捜索されている岩城社長は、工藤によって抹殺されていたということか。

「ふっ、プロにする質問じゃあないですね」

テーブルをはさんで工藤と向かい合ったSは、サングラスとマスクで表情を隠していたが、工藤のすごみにすっかり気圧《けお》されている。

この小心そうなSが、『コンドウ』という名の、プロの殺し屋だというのだろうか。

「ただ。肝心の金が見つからないんですよ、コンドウさん。岩城の家も、口座も、すべて調べましたがどこにもない」

工藤は、一枚の写真をテーブルに置いた。

「もうごぞんじだと思いますが、岩城の愛人です。こぶつきの元ホステスで、あの団地に住んでいる女です」

それから、工藤は、岩城社長の愛人である写真の女から、金のありかを訊《き》き出してほしいとSに言った。

つまり、工藤の目的は、殺した岩城社長の隠し金らしかった。

写真の岩城の愛人は、婚約までしていたというからなにか知っているはずなのだが、家や身辺を手下に調べさせても、なにも出てこなかった。

そこで、もう一度コンドウに、新たな仕事を依頼している、ということのようである。

ひとつには、岩城の隠し金のありかを女から訊き出すこと。

そして、もうひとつは。

「そのあと、またおなじようにこの女も。あくまで行方不明ということで、死体が見つかるようなことのないようお願いしたい」

Sは、硬直しきって、ひとことも声を出せずにいる。

「ギャラは、まだお支払いしていない分と合わせて、一千万。今回もあくまで内密に。ここにいる人間だけの秘密ということで」

やがて、どうにかSが唇をわずかに開いた。なにか言いかけている。

だが、工藤は、

「残念ながら、この依頼は断っていただくわけにはいかないんだ」

と立ちあがり、Sの目の前で、手下ともども土下座をした。

三人のヤクザ者の土下座に、Sは失神寸前とばかりにすくみあがっているようだった。

その後、Sは手下に送り届けられ、アパートに舞い戻った。

クライスラーのうしろに立ちつくし、かたずを飲んでトランクを見つめる顔を、月明かりが死人のように白く見せている。

――やはり、妙だ。

私は、物陰から見つめつづけた。

やがて、ようやく思いきったのか、Sはギュッと目をつぶってトランクを開けた。

だが、岩城社長の屍《しかばね》は、そこにはない。あるのはゴミ袋だけ。

ホーッと息をついたSは、ゴミ袋の中から血まみれのナイフをつかみだすと、「わっ！」と投げ戻してトランクを閉めた。

そこへ、焼きとりの取材を終えたらしきM嬢の車が戻ってきたのだが、Sは、あわててしゃがんで、車の陰に身を隠した。

盗み聞くつもりなどなかったが、Sがすぐそこにいる以上、私だけが立ち去ることはできず、自然、M嬢とKの会話が耳に入ってしまう。

「ごちそうさまでした」

「どういたしまして」

「それじゃあ。あの」

「はい」

「私の、知り合いに、なって、いただけませんか」

「……もう、なってますよ」

「……」

ヤニさがって外階段をのぼるKを、私はつき落としたい衝動にかられた。

もちろん、愚かな男の悲しい妄想にすぎない。

だが、愛に愚かとはいえ、目はふしあなではない。

奇妙に好人物然としているが、Kの面構えは常人のそれではないと一見して直感しており、しゃがんで息を殺しているSが、工藤の言うコンドウなる殺戮《さつりく》者ではないことも、予測し始めていたのである。

案の定だった。簡単に調べはついた。

隠し撮りしたSの写真を見せたアパートの大家は、「桜井さんでしょ、二〇二号室の」と即答し、十月八日の午後五時頃退院した男、Kのことも、ナースたちはよく憶えていた。

聞きこみの結果、Kは十月七日に風呂《ふろ》屋で転倒した際に記憶を失《な》くし、自分を桜井武史だと思いこんでいると推測できた。

——だとすれば、だ。本来のKは、いったい何者なのか。

手がかりは、桜井武史という身分や生活環境を、記憶喪失中のKに託している、Sにある。

Sは、なんらかの手段で、自分とKのアイデンティティをすりかえたのではないか。

そう考えれば、奇妙な状況のすべてにつじつまがあう。

Sがなり変わっている男の素性こそ、本来のKの姿。

赤ずきんちゃんなM嬢が近づいてしまった、オオカミの正体なのだ。

私は、それからもSの尾行をつづけ、同時に、Kについて調べ始めた。

すなわち、工藤が、岩城社長や愛人の殺害を依頼した、『コンドウ』について、である。

しかし、裏社会情報に関心厚いつもりの私でも、コンドウという名は初耳で、手持ちの資料にも載っていない。

だが、灯台もと暗しとはこのことだろう、思いがけず身近なところに、その名を見た。

『独占大特集！　裏社会の便利屋・コンドウ』

それは、勤務先の出版社が出している私の愛読誌、『実話ダイナマイト』の小見出しである。

記事には、さまざまな事件の裏で、コンドウが関与しているらしいことが書かれていた。

私は、当然ながら、『実話ダイナマイト』の編集部に、事情を聞くことを決意したのだが、その頃、Sも同じことを考えついていたようである。

Sは、十月九日に神和会の工藤と顔合わせをした翌日に、書店で『大きな文字で読みやすい・はじめてのインターネット』ほか、数冊のパソコンマニュアルを購入。今時、パソコンに触れたこともなかったらしく、それから数日、マニュアルをにらんでネット操作に四苦八苦していた。

岩城社長事件について、調べたかったようである。十月十日から四日間、Sは一歩も部屋から出なかった。

Sが住居にしていたのは、都心のはずれにあるマンションだ。

高層階にある、洒脱《しゃだつ》で機能的なその部屋が、Kの自宅だと思われた。人ひとりを殺すたびに、五百万円のギャラを手にする男ならではの、贅沢《ぜいたく》な自宅だ。

あの男、Kは、これまでいったい何人分の命を金に換えたのだろうかと思うと、Sの様子を窺《うかが》いに、その瀟洒《しょうしゃ》なマンションに足を向けるたび、背筋に冷たいものが走った。

そんな輩《やから》が、記憶を失くしているとはいえ、ヒツジ然としてM嬢のそばにいる。

しかも、その事実を知るのは、おそらく、私とSだけなのだ。

慣れないパソコンを駆使して、どうにか『実話ダイナマイト』の記事にたどりついたSは、ようやく行動を起こすつもりで、なにやら準備をしていた。

行き先は、私の勤務先である出版社ビルにちがいなかった。

翌十月十四日の夕刻、予想どおり、シルバーメタリックのクライスラーが、社屋ビルの正面に停まる。

トレンチコートにハンチング帽で変装したSが、道路に降り立った。

それを見た私は、すぐさま編集部の窓際を離れると、階下へ下りて受付に向かった。

受付のF嬢がいつもの笑顔を閉ざし、不安げに答えるところによると、Sは警察手帳をちらつかせて、実話ダイナマイトの編集者に面会を要請したという。

二十分ほど様子を窺っただろうか。やがて、Sが地下編集部から出てきた。

そのドアが閉まるより早く、私は身を中へと滑らせた。

「ん」

小さく柔和に見えて、実は真相を見抜く目をした大谷編集長は、私がおなじ人種であることを一瞬で察した。

だまってデスク前の椅子を私に勧め、

「あんたも、か。コンドウの件らしいな」

と、眉根《まゆね》を寄せてタバコに火をつけた。

「そう多くを知るわけじゃない。今の刑事のコスプレを着た、オタク雑誌の編集部員に話したまでだ」

私がうなずくと、紫煙をくゆらせながら、語った。

……闇の仕事人。裏社会の便利屋と呼ばれる伝説の殺し屋。それがコンドウだ。

もともとは、ふつうの便利屋を細々とやっていたらしい。異常に仕事が丁寧で、評判もよかったようだが、八年ほど前にとつぜん店を閉め、それからは裏の仕事専門になった。

もちろん、儲《もう》かるからだろう。実際に会った人間はいない。依頼人でさえ、直接は会えない。やつが伝説と呼ばれるゆえんだよ。

だが、都市伝説でも幻でもない。コンドウは実在する。なんとか昔の写真だけでも手に入れたいんだが。

岩城社長を、やつが殺したかどうかはわからない。ただ、だとすれば、死体はまず出てこない。丁寧なんだよ、仕事が。証拠は一切残さない。コンドウに狙われたら事件にすらならないのさ。その人間が消えてしまうだけだ……

――だれも顔を見たことのない、伝説の殺し屋、コンドウ。

礼を告げて立ち去ろうとする私に、大谷編集長が所属を訊《き》いてきた。

「水嶋さんの？　あんたが、か。意外だな」

M嬢の名前に、私の表情が、一瞬揺れたのだろう。

大谷編集長は口ヒゲからちらりと歯をのぞかせ、ふっと笑った。

ドアを開ける私の背中に、彼の低い声がかぶさった。

……人生なんて、女ひとりがすっかり変えちまう。だれでもさ。あんたも秒読みだよ……

「いらっしゃいませ」

十月三十日の夕方。

二週間以上、部屋の中を調べまわっていたSは、この日ようやく次の動きを見せた。

コンドウとして殺害依頼を受けた、岩城社長の愛人と接触したのである。

Sは、つけヒゲでジャーナリスト風に変装し、マンションを出た。

そして、郊外の町まで車を走らせると、平凡な住宅地にある、中規模なスーパーに入った。

「千八百五十円になります。二千円お預かりします。百五十円のお返しになります。ありがとうございました」

Sが並んだレジのパート女性は、井上綾子《あやこ》三十八歳。

神和会の工藤がSに見せた写真の女、岩城社長の愛人である。

Sは買い物をするふりをして、綾子に面会を申し出た。

勤務時間を終えた綾子は、Sの待つ近くの公園へと出向いた。

そこでSに、岩城社長からなにか預かっていないか訊かれただけだと、Sが名乗ったらしい、『実話ダイナマイト編集長　大谷健治』の名刺を見つめながら、綾子は私に語った。

「最近、家の周りを、怪しい人たちがうろついていて。じゃあ、今の方も雑誌記者ではなかったんですね。ただ、どうせだれになにを訊かれても、私が知っている岩城は……」

綾子は、なまめかしい唇をかみしめると、ただの純真な少年でしたから、と声を詰まらせた。

「あの人は、殺されたんですか。警察の方は行方不明だとしか」

うるんだ大きな瞳《ひとみ》がふるえた。

地味な身なりをしているが、それがかえって美貌《びぼう》を際立たせている。

「結婚の約束を、していたんです。あの人のためにホステスも辞めて、これから一緒に……」

家を買い与えようという岩城に綾子が望んだのは、古びた団地の一室だった。

中学生になるひとり息子と住んでいるという。

「子どもとの平穏な暮らし。そして、あの人とのささやかな幸せを夢見ていられるなら、ほかになにもいらなかった。でも、今はそうは思いません。お金があれば」

遠く、赤い落陽を見つめる瞳に、力がこもる。

「お金があれば。人を雇って、あの人の敵を討ってもらうのに」

そして綾子は、私の目を見ると、訴えるように言った。

「あなたは……本当に人を好きになったことが、ありますか」

「……」

人生なんて、女ひとりがすっかり変えちまう。だれでもさ……。

大谷編集長の声が胸にこだまするのを聞きながら、私は呆《ほう》けたように、公園を出ていく美しい女の姿を見つめていた。

――妙？　いや、しかし。

綾子が私に言った言葉は、直前にSに言っていた言葉と寸分たがわなかった。

だが、おそらく、何度もくりかえしたくなるほどの、絶望と悲しみの淵《ふち》にいるのだろう。

Sはなんの迷いもなく、どうすれば綾子を助けられるのかを、必死に考え始めたようである。

綾子は、工藤に命を狙われている。

Sが殺せるわけもないが、そうなれば、工藤は次の手を打つだろう。それを阻止するつもりでいるのだ。

またしても部屋にこもったSは、ああでもないこうでもないと、計画を紙に書きつけては破り捨て、をくりかえしていた。

時に、財布を広げ、ため息をついた。

なにか思いついても、計画を実行するには、金が足りないということのようだった。

しかし、ある夜のことだ。

いつものように、数枚目かの計画表を破り捨てたSは、空のカップを手にキッチンへと立った。

注ぎ足したコーヒーを飲みながら、頭上のキッチンキャビネットを開け、入っていた大きなクッキーの缶に手を伸ばした。

缶のフタを開けたSは、そのままピクリとも動かなくなった。

それもそのはず。

やがて、Sが、おそるおそる缶から取り出したのは、クッキーではなかった。

ゴムで丸く束ねられた、万札である。

Sは、その丸められた札束を、ひとつひとつ缶から取り出し、テーブルに並べていった。

その数、二十個以上。一千万は下らないだろう。

Kの隠し金にちがいない。

その後、Sはスマートホンの着信を受け、だれかとしゃべっていた。

いまいましそうに電話を切った様子からして、工藤一派からの、綾子殺害の催促だったと思われる。

それからのSは、ほぼ予想どおりの行動に出た。

Kの隠し金を使って、自分で立てた井上綾子の逃亡計画を、実行に移し始めたのだ。

十一月十五日から二十八日までの二週間、Sは、綾子の住むベッドタウンからさらに車で一時間ほど北上した地方の街へ行き、不動産物件を物色。親子ふたりが住める中古マンションを購入した。

家具屋へ行き、ホームセンターへ行き、家電量販店へ行き、生活用品を次々と搬入した。

クッキー缶の万札は、またたくまに消えた。

ちなみにだが、私はその間、会社を欠勤している。

十一月から、Kが編集部でアルバイトとして働きだしており、手取り足取りKに仕事を教えるM嬢を、とても正視していられず、また、ついKに意地の悪いことをしてしまう自分の陰湿さも耐えがたく、渡りに船の心境だった。

そして、前夜にKのマンションにいったん戻ったSは、翌十一月二十九日の朝、ピザ屋の衣装を着て外出した。

向かう先は、綾子の団地である。

そこは、尾行のスキルをあげていた私にとっては、余裕の現場だと言えた。

実際、ベランダからは、六畳の居間、四畳半の子ども部屋、ダイニング、玄関まで、すべてが見通せた。

「ねえ、やっぱり千円じゃ足りないよ。おみやげも買いたいし」

ジャージ姿にリュックを背負った息子に、子ども部屋の掃除をしていた綾子が、見送りに出ようと玄関に向かう。

「キャンプ場におみやげなんて売ってないでしょ。あっ。こら博人《ひろと》、ちょっと待ちなさい。ふとんを片づけてから行きなさいよ」

居間のふとんを指さして言った。

「ちぇー」

むつまじい母子の会話だ。

だが、私は、とある疑念に襲われていた。

子ども部屋には、ちゃんとしたベッドがある。

――あの息子は、なぜ、居間にふとんを敷いて寝ているのか。

その時、玄関のチャイムが割りこんだ。

ドアを開けた綾子は、朝の七時半に来たピザ屋の配達に、驚いた。

もちろん、変装したSである。

「ピザ？」

玄関ではち合わせた息子が、Sと綾子の顔を、不審そうに見比べた。

「た、頼んでないわよう」

「ならいいけど。じゃあ行ってきます」

「いってらっしゃい」

出ていく息子をにこやかに見送ると、Sは玄関のドアを閉め、神妙な顔で居間にあがりこんだ。

「逃げろって、どこにですか」

逃亡計画を聞かされた綾子は、よく飲みこめない顔でSに訊《き》き返した。

「一応、場所はこっちで用意した。ちゃんと子ども部屋もある」

「どうして私が、殺されるんですか」

「あんた、本当に岩城社長から、なにも聞かされてないのか」

綾子は、不安そうにうなずいた。

「あの人、なにをしたんですか」

「俺だって知らねえよ。だが、とにかく、あんたは逃げたほうがいい。俺がやらなくたって、だれかべつの人間が来る。相手はプロだ。警察なんか頼りにならないよ」

「あなたは、だれなんですか」

「だれだっていいだろ？」

Sは、持参のノートを開き、逃亡計画の説明を始めた。

「いいか、計画はこうだ。明日《あした》、スーパーの仕事が終わる時間、俺が待ってる。息子さんは携帯持ってるか？」

「だから、どうしてあなたが、こんなことしてくれるんですか」

「どうしてって、俺がやるしかないだろう」

「……」

「息子さん、携帯は？」

「……そこに。林間学校へは持ちこみ禁止だから」

「林間学校か。わかった。合流の手はずを考えておく。とりあえず、明日の待ち合わせだ。いいか、このあたりで俺が待機している。こういうカツラかぶって……」

明日、十一月三十日。

果たして、綾子は、Sの計画どおりに、工藤の魔の手から逃れることができるのだろうか。

そして、Kという男、伝説の殺し屋コンドウは、いったいいつまで記憶を失っているのか。

このままM嬢の慈悲を受けつづけ、まったく新しい人生を送り直すというのだろうか。

団地を出た私は、その日、二週間ぶりに出社した。

十一月も末であり、月内に人事に申請しなければ、異動が一ヵ月遅れる可能性があったためだ。

だが、まだ迷っていた。

私は、もともと日陰を好む性質だ。そんな自分を熟知している。

だが、たとえこのままうだつがあがらなくても、春の陽ざしのようなM嬢の元に、いられるものならいつづけたい。

屋上のベンチでタバコを吸い、思案にふけっていると、屋上に出る扉から、M嬢とKが現れた。

Kは、天使のお手製らしき、豪華そうな弁当の折り包みと水筒を抱えている。

そして、M嬢の手には、『結婚式場リスト』と書かれた、分厚い資料ファイル。

この時、私の目の前が、一瞬にして真っ黒に暗転した。

――結婚。M嬢は、そこまで、このKを……。

それはおそらく、道化芝居の幕が下りた瞬間だったのだろう。

私は、無価値なわが恋心であるかのように乱暴にタバコをもみ消すと、だまって屋上から立ち去った。

人事部へは、大谷編集長が同行してくれるだろう。

明日以降も、Kの調査はつづけるつもりだが、『実話ダイナマイト』のためという大義名分が、くずれかける私の足元を、支えてくれそうな気がした。

あえてエレベーターを使わずに、地下への長い階段を、ゆっくりと下り始めた。

さようなら、永遠の天使。

わが人生最後の陽だまりの日々――。


そうだったのか。

最後のA4用紙から目をあげて、これが理由なのかと私は思った。

谷口さんが、明日の結婚式に欠席の理由が、腑《ふ》に落ちた。

ただ、物陰から見ていそうな気もした。

意外な努力家であることもわかった。

彼は健康診断結果も、例年良好だったのだけれど、あきらかに能力を出し惜しみしている勤務姿勢が目についていたので、結婚相手の候補には加えなかった。

『VIP』の仕事が体質的に合わなかったのだとしても、もう少し一生懸命やることはできたと思う。

『実話ダイナマイト』で、水を得た魚のように活躍する谷口さんを祝福しながら、手紙をたたもうとすると、終わりにもメモ書きが添えられているのに気づいた。

『水嶋香苗編集長殿

このたびはご尊父さまのご逝去に接し、心よりお悔やみ申し上げます。

本日は、焼香のみで退出した無礼をどうかお許しください。

斎場を出てから、報告書にあるSのずさんな逃亡計画を追っておりました。あんのじょう、団地には盗聴器がしかけられていて、綾子との会話はすべて工藤に流れたようです。スーパーの前で綾子を待つSは、工藤と藤本に拉致《らち》されかけて、クライスラーをボコボコぶつけながら逃走。Kのマンションに戻ったのを見届けました。そのまま張っているうちに、ずっと反対車線に停まっているのが貴女の車だと気づいて、死ぬほど驚いたしだいです。

すぐに逃げてください。これから、あいつらと工藤たちのあいだで、恐ろしいことが始まります。

貴女が結婚相手にと考えているあの男は、恐ろしい殺し屋なのです。中傷ではありません。どうかお聞き入れください。

谷口肇』

私は、ふたたび谷口さんの手紙をはさもうと、ビジネス手帳のフリースペースを開いた。あの日のメモ書きが目に入る。

◎桜井さん　↓　記憶を取り戻した？　とつぜんいなくなり、タクシーで弥生《やよい》台一丁目交差点そばのマンションに入る

◎コンドウさん　↓　その二時間後にクライスラーでやってきて、おなじマンションに入る

◎ヤクザ風男性二名　↓　コンドウさんを尾行していたかのようにやってきて、やはりマンションに入る

三つの項目の相関関係は、長い手紙を読まないまでも、あのあとすぐにわかった。

私はビジネス手帳を閉じると、本のつづきを読み始めた。

現実と理想のギャップを埋めるには……。

こんなのイヤ！　とあなたが思う現実が、じつは意外とお似合いの素敵なドレスってことに気づけば解決！　なのだ。

六、真実と向き合う勇気

本物の桜井さんを乗せた山崎さんのクライスラーは、夜の国道を滑るように、なめらかに走りつづけた。私は、見失わないよう、一心に追いかけた。

マンションを出てから、二十分ほど走り、灯《あか》りもまばら、人も車も通らない工場地に入ったので、少し距離を空けたのがよくなかった。曲がり角で見失ってしまった。

右、左、どちらへ行ったのだろう。でも、まだこのあたりにいるはず。

工場のあいだを、ゆっくりと走りまわった。長い塀が途切れる角を右折すると、前方に停車しているクライスラーと、男性ふたりの人影が見えた。

いた……えっ。

車の脇に立つ本物の桜井さんに、ジョギングスーツを着た山崎さんが近づき、桜井さんの肩をつかむと、いきなりナイフをふりかざした。

その様子を、私の車のヘッドライトが照らしていた。

ふたつの顔が、こちらを見る。

山崎さんは、私が車から降りるのを、驚愕《きょうがく》の表情で見つめていた。

「桜井さん」

本物の桜井さんが「はい」と答える。

それを流して、

「なに、してるんですか」

と、当時桜井さんと呼んでいた山崎さんと見つめ合い、近づいた。

そこに、前方から、黒いセルシオがやってきた。

あの、ヤクザ風男性が、勢いよく降りてきた。

山崎さんは、いきなり私の腕をつかんだ。

「乗れ！」

そして、クライスラーの後部席に押しこむと、自分も乗りこんだ。

運転席に飛びこんだ桜井さんが、エンジンをかける。

車は、バックするなりセルシオに衝突し、そのまま逃げるように猛スピードで前へ走りだした。

キューン、キューン、キューン……。

衝突の衝撃で、防犯アラームが鳴り響いていた。

「……」

運転席の桜井さんが、バン！　とダッシュボードをたたいて、アラーム音を止めた。

「……」

ふたりは、ただ単にだまっていただけかもしれない。

けれど、私は、声の出し方さえ、わからなくなっていた。

なにもかもがわからない。全身が、冷たく凍っているようだった。

葬儀のあと、父の部屋から突然いなくなり、五時間後に会った時にはヤクザに追われ、今もこうして逃げているのだから当然だ。

その人は、まったくの別人の雰囲気をまとっている。

ビビりながら運転している、コンドウさんは、なに。

ふたりの関係は。

さっき、ナイフで刺そうとしていた……。

私の結婚相手だった、となりに座っている人は、だれ？

「家から、ずっと付けてきたんですか」

「……」

耳が慣れ始めていた声だった。

でも、小さくうなずくのが、やっとだ。

「あんただって尾行されてんじゃないかよ！」

「うるっせえ！」

山崎さんは、運転席のシートをドスッと蹴《け》りあげた。

私はすくみあがった。

「どっか安全な場所を探せ！」

「安全な場所ったって……」

「……」

あんなに長時間広域に鳥肌が立っていたのは生れて初めてで、人生最初で最後かもしれない。

車はやがて、どこかの住宅街に入り、大きなコンクリートのアパートの、ゴミ捨て場の前で停まった。

なにも考えることができない私は、言われるまま、階段を上っていくふたりのあとを付いていく。

あるドアの前で止まった先頭の桜井さんは、お財布から鍵《かぎ》を取り出すと、

「まだだれも越してきてなければ……」

と言いながら、差し込んだ。

開いた。

中は、リフォーム工事の最中の、ビニールシートだらけの部屋だった。


三人バラバラに床に座り、ビニールシートの壁にもたれてだまりこんでいるうちに、少しずつ、体に熱が戻ってきている気がした。

頭の中が、ゆっくりと動き出すのを感じる。

鳥肌がおさまったところで、私は、どちらにともなく、つぶやいた。

「説明、してください」

「……」

山崎さんは、桜井さんに、小さな合図のようなことをした。

本物の桜井さんは、ふてくされたように、話し始めた。

「お風呂《ふろ》屋さんで、鍵を？」

聞いていくうちに、血がめぐってきた。

体温があがり、強い反感がこみあげてきた。

「自分の都合で生きられなくなったから自分の都合で死ぬ。けれど死にそびれて、次は泥棒してまで生きようとした、ということですか。行動に必然性がなさすぎませんか」

するると、本物の桜井さんはムッとして、

「そんな言い方しなくてもいいだろう。必然で盗んだわけじゃない。できごころだった」

と、最低の言いわけを、まるで正当なもののように言い返してきた。

その上、

「あんたみたいなお嬢さんにわかるわけがないが」

と前置きしてから、

「泥棒には泥棒の良心ってもんがあったんだ。しょうがないじゃないか」

と、意味のわからない、およそ意味のない開き直り方をした。

盗人《ぬすっと》たけだけしいとはこのことだろう、と思った。

たぶん、もっとも受け入れられないタイプの人だと感じながら、彼の説明を聞いた。

桜井さんも、おそらく、おなじことを感じながら話していたのだろうと思う。

途中で私をあざけるように言った。

「あんたさ、そうやって俺を批難するけど、こいつは泥棒どころの話じゃない。あんた、必然性だの言うわりには、ずいぶんヤバい男をひっかけちゃったもんだね」

すると、たちまち山崎さんが詰めよって、にらみつけた。

「この人にもう一度でもそんな口利いてみろ。一生絶望から這《は》いあがれない、史上最悪のＩＤを作ってやる」

桜井さんは、話をそこでやめてしまい、ふてくされて窓辺でタバコを吸いだした。

私は、山崎さんのほうを見た。

変装用の衣装。偽造ＩＤ。拳銃《けんじゅう》。

桜井さんの話が、本当なら……。

「あなたは、だれ、なんですか」

山崎さんは、目をそらして、便利屋です、と答えた。

「便利屋さん……」

私は、便利屋という仕事を知らなかった。

「この人が本当の桜井さんなら、あなたは」

「山崎です」

「山崎さんは、犯罪者、なんですか」

「犯罪と呼べるようなことは……少なくとも、人の道に外れるようなことは、してないつもりですが」

「……」

私は、思いきって訊《き》いた。

「結婚、されているんですか」

「してません。バツイチ、ですけど」

「ちょっと！」

桜井さんが、迷惑そうな顔で、こちらへ戻ってきた。

「そんなことより、どうするんだよこれから」

「うるさい、泥棒！」

私は言った。

「だいたい遺書まで書いて死のうって決めたんだったら、ちゃんと死になさいよ。なんでお風呂屋さんなんて行くんですか」

「汗、かいちゃったから！」

その時、

「俺がなんとかする」

山崎さんが立ちあがった。

「あなたの車、置いてきちゃったからな。もし調べられたら、あなたにも迷惑かけてしまう」

「どうするんだよ」

「結局は、金なんだ。金さえ入れれば、あいつらだって余計なことはしないよ」

山崎さんは、玄関に向かった。

「俺から連絡があるまでここにいてくれ。もし連絡がなかったら……警察に行って、ぜんぶ話すんだ」

靴をはくと、ドアに伸ばしかけた手を下ろし、私をふりかえった。

見慣れ始めた顔のはずだった。

けれど、知っている人なのか、見知らぬ人なのか、よくわからなくなっていた。

「いろいろと、すみません」

「……」

「あなたとなら、どんな男だって結婚したいと思うから、大丈夫です」

バタン、と玄関のドアが閉まった。

「……」

私は、ひざを抱えた。

もし、たとえ、そうだとしても。

私と結婚したいと、だれかが思ったとしても、私がその人と結婚したいと思うかどうか、わからないじゃない。

思えたはずの人に、言われて、うれしい言葉でもない。

三十五歳ではないとしても。

以前、結婚していたとしても。

健康は問題ない。

努力家。

記憶を失《な》くすという特異な状況が、たまたま彼に、懸命な努力をさせていただけなんだろうか。

そうなのだろうか。

犯罪を犯すような人なら、それは堅実な努力を放棄したということ。

そうであるなら、私のこの二ヵ月間は、なにもかもが無に帰する。

初めて味わった、だれかと共有した喜びも。

「……山崎さんは、犯罪者なんですか」

私は、桜井さんに訊いた。

「なぜ、ヤクザに追われているんですか。どうしてあなたをナイフで刺そうとしたんですか。便利屋ってどういう業務の職種なんですか。ＩＤを作るという行為の意図はなんですか、なにを意味しているんですか。山崎さんは、いったいどんなビジネスの対価としてそれだけの高額な所得を得ているんですか」

桜井さんは、心底迷惑そうな顔をして、

「あんたって、いつもこう？　めんどくせえ、本人に訊いてよ。丁寧に教えてくれるだろ」

と、床にごろんと寝ころんだ。

「訊きたくても、行ってしまったじゃないですか。どこへ行ったんですか。なにをするつもりなんですか。あのヤクザの人たち、さっきマンションにも来ていましたよね、中でなにがあって、なにをしていたんですか」

あーっ、と耳をふさいで桜井さんは寝返って、海老《えび》のように丸めた背中を私に向けた。

こちらのほうこそ驚いてしまう。

どうしてこれくらいの質問に、すみやかに答えられないんだろう。知っているはずなのに。

「俺も、訊きたいんだけど」

桜井さんは、丸めた背中を向けたまま言った。

「なんでしょうか」

「女ってさ。なにが決め手で結婚すんの。やっぱ、金なの」

「それは、人によると思います。一概には言えないんじゃないですか」

ふうん、と鼻を鳴らすと桜井さんはまた仰向《あおむ》けになり、そのまましばらく天井を見つめていた。

私も、壁のビニールシートを見つめていた。

「この部屋は、なんなんですか」

訊くと、桜井さんはゆっくりと起きあがった。

「昔、ここに住んでたんだよ。合い鍵《かぎ》返すの忘れててさ。なつかしいな」

「……」

さっき話していた、リカさんの部屋なのだろう。

「あんた、惚《ほ》れてんの」

「は？」

「あの男」

私は、少し困った。

「結婚する、予定、なんです」

「それは聞いたけどさ。惚れてんの」

「……」

惚れるって、どういうことなのか。こう、と明確にわからないので、返答に詰まる。

桜井さんは、ふっと笑った。

「じゃ、まだよかったね」

「なにが、ですか」

「向こうは、だいぶ惚れてるみたいだったけど」

その時、桜井さんの携帯が鳴った。

山崎さんかもしれない。

「もしもし」

私は急いで桜井さんの横に行き、抵抗感を抑えて携帯に耳を寄せて、漏れてくる声を聞いた。

「おい」

低くてすごみがあったけれど、山崎さんだ。

「おまえ……俺のクッキー、ぜんぶ食べちゃったのか？」

桜井さんは、ビビって答えた。

「いや、ちょっと、その、マンションを……」

「人の金だとずいぶん気前がいいな、コンドウさんよ」

その直後。

ぐっ、とうなり声がして、ガチッとなにかがぶつかる音が響いた。携帯が床に落ちた音だ。

山崎さんになにか、と思ったとたん、

「コンドウさんかい？」

べつの男性が話しかけてきた。

また、低くてすごみのある声。

「女も一緒だろう。髪型変えても、ムダだ」

あのヤクザの人だろうと思った。

私と桜井さんは、目を合わせた。

「女と金、今すぐここまで持ってこい」

ヤクザは、桜井さんをコンドウさんだと思って、しゃべっている。

「持ってくればぜんぶ忘れてやる。来なければ、この男が知ってる情報絞りだして、ぜんぶ片岡《かたおか》組に渡す。この男もあんたも確実に死ぬぞ、コンドウさんよ」

通話が切れた。

「今の電話はどこから。山崎さんは……」

「あいつのマンションだ。クッキーの缶を開けた」

クッキー。

クッキー、といえば。

山崎さんが桜井さんだった時も、好物だった。コンビニに行くと、つい無意識に買ってしまうと言っていた。

ぼんやりした符合が、見えた気がした。

山崎さんの記憶は、どこまで消えていたのか。

状況から自分を桜井武史だと判断したけれど、どこかにちゃんと本来の個性が残っていたのではないだろうか。

つまり、私が結婚したいと思ったのは、ふたりの男性の融合体で、私は、失われなかった山崎さんの特徴、個性、人格のほうに、共感を覚えていたのだとしたら。

それを信じるという選択肢が、かすかに残っている。

桜井さんも、なにやら真剣に考えていたけれど、立ちあがった。

私も立ちあがる。

「どうするんですか」

「あんたは大丈夫だよ。あいつら、あんたの存在に気づいてない。とにかく、帰りなよ」

でも。

「警察に」

「相手はプロだ。下手に動いたら、あの男が危ない」

「では、どうするんですか」

「わかんねえよ！」

「えっ」

なにか考えていると思っていたのに。

「とにかく、あの女探さないと」

「私も行きます」

「なんでだよ」

「私は、結婚、する予定なんです」

「惚れてもいない男のために？」

「まだわからないでしょう！」

すべてが無に帰するかどうか、今の時点では決まっていない。

真実を知らなければ、決められない。

私は、玄関に向かった。


桜井さんと私は、タクシーの中で、揉《も》めに揉めた。

けれど、最終的には私の考えどおりに、まずは山崎さんのマンションに向かった。

山崎さんの無事を確認しなければ。

でなければ、私たちが綾子さんという女性を探す意味もなくなるし、ほかにプライヴェートな目的もあった。

マンションから二ブロック離れたところで、タクシーを降りる。

マンションの前に、クライスラーとセルシオが、二台横付けされているのが見えた。

まだ、中にいるらしい。

「生きてるよ。女と金を届けるまでの人質だ。だから早くそっちを探さないと」

「あてはあるんですか」

「綾子さんの団地、しかねえだろうとりあえず」

「命を狙われていると宣告された人が、逃亡に失敗した日の夜に帰宅している気がしません」

「じゃあどこを探せっていうんだよ」

「だから、もうちょっと待ってください」

私と桜井さんは、マンションのななめ向かいの歩道の植え込みにしゃがみこんで、様子を窺《うかが》っていた。

「いてっ」

「あっ、すみません」

「踏むなよ人の足を」

「だから、すみません」

「あのさ、謝るっていうのは、おっと」

「きゃっ」

「ごっごめん。ごめんな。悪い。いや、わざとじゃないよ、本当によろけて」

「しっ！」

中年の男性が出てきて、セルシオに乗りこみ、走り去った。

「……アジトにいたチンピラおやじだ」

「しっ！」

山崎さんだった。

先頭立ってエントランスから出てきて、工藤さんともうひとりの若いヤクザの男性を、クライスラーに案内している。

ひどい目に遭っているふうでなく、ホッとした。

私が知るような人であるなら、なにかの考えを進めているのではないかという気がした。

きちっと立てた計画どおりに。

走り出したクライスラーが見えなくなるのを待ってから、私はマンションのエントランスに向かって歩き始めた。

「よせって。まだだれかいるかもしれないのに」

「でも、もういないんじゃ。インターホンを押して、確認してみます」

「だれかいたって返事するわけないだろ。それに、入り口付近の映像が、あいつの部屋のモニターに映ってるんだってば」

部屋に、マンション入り口を映し出すモニター。

「……」

なぜ、そんなものが要るのだろう。ふつうの人の家とはちがう。

やっぱり、悪いことをしているからなのか。

「……知りたいんです」

立ちどまって、桜井さんを見あげた。

「山崎さんがどういう人なのか、どうしても確認しなきゃいけないんです」

「今じゃなくたっていいだろ、危険すぎるよ」

「結婚する、予定、だったんです」

「……」

「私が出てこなかったら、警察を呼んでください」

走り出そうとすると、うしろから腕をつかまれた。

「わーかった、わかったよ。俺が見てくる。あんたはここにいて、だれか戻ってこないか見張っててくれ。頼むからぜったい見逃さないでくれよ……あっ」

「え」

「忘れてた。そうだった」

桜井さんは、お財布を取り出して、なにか探した。

「あった。これだ」

一枚のカードをつまみ出して、笑った。

「俺、ここにひと部屋持ってるのを忘れてた。うっかりしちゃったな」

「は？」

「携帯持ってるか」

スマートホンを出すと、桜井さんは自分の番号を打ちこんで、少し鳴らした。

「電話する」

ポケットに手をつっこみ、くちぶえを吹きながらエントランスに入っていくと、オートロックのリーダーにカードを通し、マンションの中へ歩いていった。

五分後に着信があった。

「そのまままっすぐ一三〇六号室に進んで、ドアを開けろ」

「……」

そろそろとエントランスに入ると、自然にオートロックドアが開いた。

エレベーターで十三階へ上がり、一三〇六号室へと進む。

ここだ。開けてもいい、のだ、ろう。

おそるおそるドアを開け、中に入る。

すると。

リビング突きあたりのデスクチェアに座った桜井さんが、ひどい形相で私をにらみつけていた。

「桜井さん」

「おまえ、この部屋で、タバコ吸ったな?」

「は?」

「岩城社長のことなんて調べて、おまえ、いったいなにやってんだ?」

そう言いながら、デスクの液晶モニターに目を向け、あっと驚いた顔をした。

「なんで工藤がこの場所を知ってるんだ。教えたのか!」

モニターは、未起動の黒い画面で、なにも映っていない。

「尾行されたことは?」

いらだたしそうに、私を問い詰める。

おそらく、お芝居、なのだろう。

つまり、桜井さんは、山崎さんの真似をしているんじゃないかと思った。

「ハーッ、わかるわけねえか……」

あきれたように頭《かぶり》をふり、「来い！」と手招きして、まうしろのベランダに向かった。

後をついてベランダに出ると、桜井さんは、隣家のベランダとの仕切り壁を押した。

「あっ」

仕切り壁が、くるりと回転した。

隣家のはずが、つながっていた。

まるで、つねに身の危険にさらされている、スパイの隠れ家のように。

「……」

桜井さんにつづいて、ベランダから隣室に入った。

そこは、生活の気配がまるでない、本棚だらけの書庫のような空間。

あぜんとしている私に、素の表情に戻った桜井さんが言った。

「あいつ、こんな隠れ部屋まで作ってんだぜ。暗証番号知らないけどカードキーがあったんで、こっちの玄関から入って、となりをのぞいたんだ。だれもいなくてよかったよ」

ジャンル別に整理された大量の本。大量の資料ファイルも、なにかの商品のようにきれいに並べられている。

「驚いただろ。俺もだよ。スーパーの前で綾子さんを待ってたら、急に工藤たちが車に乗りこんできて、なんとかここまで逃げてきた。まさか、あいつの記憶が戻って部屋にいたとは夢にも知らないから」

この部屋が、彼そのものであるような、そんな気配がする。

手に取ってみた本は、たくさんの付箋《ふせん》が貼られて、ページのそこここにラインが引いてある。

おなじだ。私も本を読むと、こんなふうにせずにはいられない。

自分が気配になじんでいく感覚が、淡くなつかしいような。

「聞いてんの？」

私はハッとして、うなずいた。

ようするに、桜井さんがお芝居してみせたのは、ここに至るまでの経緯ということだ。

桜井さんは、工藤さんから綾子さんの殺害を依頼されたけれど、依頼に反して、綾子さんを逃がそうと考えた。

それで、今日の夕方に、綾子さんと待ち合わせをした。

でも、スーパーの前で待っているうちに、工藤さんたちに妨害されてしまい、結局ひとりでこのマンションに戻ってきた。

一方、記憶を取り戻した山崎さんは、私の家から飛び出し、ここに帰ってきていた。部屋で桜井さんとはち合わせた山崎さんは、彼の一連の泥棒行為をとがめかけたところで、桜井さんを尾行してきた工藤さんたちに気づいて、あわててこの隠れ部屋に逃げこんだ。

「工藤さんたちは、なぜ桜井さんの逃亡計画を知っていたんですか」

すると、桜井さんは、とたんにヘビのような目つきを作り、脅すようにすごんで言った。

「あの女の家に忍びこませた人間に、盗聴器を仕込ませていたんですよ」

なにかの機械を操作するゼスチャーをし、

「コンドウさんの声、ですよね？　逃がすって、どういうことですか」

と、私をにらんだ。

今度は、工藤さんの真似らしかった。

「今朝、盗聴器のこの録音を聞いてびっくりしましてね。あの女、家にもスーパーにもいませんよ。待ち合わせ、なんですよね？」

そこで急に体勢を変え、銃をかまえるポーズで「出ろ！」とさけんだ。

「……」

「とまあ、こんな感じで、俺は工藤を、用意してた拳銃《けんじゅう》で脅したのさ。工藤はビビって車から転がり降りた。俺はそのまま車を走らせ、やつらをまいた。ただ、綾子さんが心配で、しばらく探してみたんだが、見つからなくて、とりあえずここに戻ってきたら……ん。待て」

「先ほどの状況だった、ということですよね。記憶が戻った山崎さんが、デスクチェアに座っていた」

桜井さんは、

「そう。だが」

と、首をかしげた。

「なんでだ、今の工藤のセリフ。綾子さんが家にもスーパーにもいないって。パートのあと、俺と逃げると約束したはずなのに」

「……」

わかった、と思った。

桜井さんは、頭で考え、頭になにかを刻みこむ人ではないので、質問にすみやかに答えられない。

けれど、この方面では、案外能力のない人ではないのかもしれない。

いつもこうなのだろうか。

多少めんどうな気はしたけれど、私は大きな拍手をした。

「なに、急に」

「今のお芝居、です。すごく引きこまれました。桜井さんは、やっぱり本物の役者さんなんですね」

「え？　ああ、まあな」

「私、桜井さんのお芝居、もっと観てみたいです。観せてくれますか」

すると、桜井さんは、「そう？」と、うれしそうに腕の伸縮運動をした。

「べつにいいけどさ。じゃあ、そうだな。俺とあいつが、ベランダからこの部屋に入ってきた場面から」

「はい」

「いいか。その時、となりの部屋からは、工藤たちが入ってくる物音がしていた。俺は玄関の鍵《かぎ》を閉め忘れていたからな。だが、あいにく部屋は空っぽ。工藤たちは中を探しまわっている。山崎は、となりの気配に耳をすませながら……」

それから、桜井さんは、山崎さんと自分とのやりとりを、ひとり二役で演じ始めた。

山崎さんは、桜井さんにこれまでの経緯の説明を求め、桜井さんは、コンドウとして工藤さんの事件に関与したいきさつ、自分の起こした行動や、起こそうとした計画のすべてを話した。

めまぐるしい早がわりではあったけれど、演じ分けは、わかりやすくて、上手だった。

椅子に足を組んで座り、けわしい表情で計画ノートに目を通している、山崎さん。

うなだれて床に正座している、桜井さん。

「こんなずさんな計画で、本気で成功すると思ったのか」

「……」

「だいたい、なんで突然、人助けしようなんて考えた？」

「……」

「一生に一度くらい、だれかに褒めてもらいたかったのか」

「うるせえ！」

正座していた桜井さんは、立ちあがって拳銃をかまえ、ぶるぶるふるえる。

けれど、山崎さんに、さっと銃を奪われ、逆に銃口を向けられた。

山崎さんは、冷静に引き金を引いた。

「いてて、痛いっ！　あ、あれ？」

拳銃はモデルガンで、本物ではなかったのだ。

「俺が、助けてやる」

「えっ」

「そのかわり、おまえの人生、このまま俺がもらうぞ」

え……。

記憶が戻ったのに、このまま桜井さんの人生をもらう？

山崎さんは、いったいなにを考えているのだろう。

私は、息を飲んでお芝居を見つめた。

それから、山崎さんは、隣家を占拠している工藤さんに電話をかけた。

「もしもし、工藤さんですか。私は、コンドウの下で働いてる、吉田というものですが」

吉田というコンドウの手下のふりをして、工藤さんに、偽の情報を流したのだ。

「俺、工藤さんの下で働けませんかね。コンドウはもうダメです。ええ、あの人、今、狙われているんです。はい。おそらく片岡組です。一昨年《おととし》の、幹部がふたり殺された事件、あれにコンドウが絡んでいたのがバレたみたいで。とにかく俺、これ以上コンドウの近くにいたくないんです。それで俺、これから、あの人と待ち合わせることになっていて、その場所ならお教えできますが……」

そして、あの工場裏を、工藤さんに告げた。

そういうこと。

山崎さんの策略が、だいたいわかった。

工藤さんたちは、桜井さんのことを、殺し屋のコンドウだと思いこんでいる。

だから、あの場所へとおびき出して、ナイフで刺しているところを見せるという策略。

桜井さんが死んでも、コンドウが消えるだけ。

つまり、私が目撃したのは、吉田という人物がコンドウを殺す、お芝居だったのだ。

ふたりはそれから、コンドウ殺害シーンを練習し始めた。

丸めた雑誌をナイフに見たて、山崎さんが桜井さんの腹部を刺す。

桜井さんは、倒れて死ぬ。

「うぉーっ！　く、く、て、てめぇ……ぐほっ」

「なんだそれ」

山崎さんは、うんざりした顔で、死体の桜井さんに、クレームをつけた。

「いいか、とつぜん腹を刺された場合は、そんなに早く体は反応できない。まず衝撃。それから、事態の把握。緊張。それから痛みだ。もう一回いくぞ」

「うおっ！　くくく。て、めぇ……」

「ダメだ。おまえは演技の基本ができてない」

「なにが」

「だから、まず衝撃だ。それから事態の把握。緊張。この緊張の部分が表現できてないんだよ。もっと客観的に自分の体を捉《とら》えろ」

「俺の中ではしっかり緊張も感じてたよ！」

「感じたってしょうがないんだよ。どう見えるかがすべてだ」

「俺の演技は、ストラスバーグのメソッドを基本にしている。もっと心理的なアプローチを使ってプランを立てたい」

「おまえの部屋にあったストラスバーグの本、最初の八ページしか読んだ形跡がなかったぞ。他の本もぜんぶそうだ。ちょっとやる気出して勉強しようと思っても本を買ってきただけで満足しちゃう、いちばんダメなタイプの人間だろおまえは」

「人殺しに説教されたくねえよ！」

「時間がない。もう一度やるぞ」

山崎さんは、桜井さんの演技に何度もダメ出しをし、リハーサルはくりかえされた。

少し飽きてきて、私はテーブルの下に積んである本に手を伸ばした。

どれも初心者用のパソコンマニュアル……あ、この資料ファイルは。

めくったファイルのページには、きれいな女性の写真が数枚。

その下の、何十枚もの資料は、見慣れた端正な筆致の手書きだ。

『井上綾子』というタイトルから始まって、その女性に関する情報や、推測事項のメモ書きが、綿密に書きこまれていた。


やがて、工藤さんに告げた時刻が近づいて、ふたりはマンションを出、工場裏へと向かったということらしかった。

さっき道路沿いで見張っていた私が見つけたのも、この時のふたりだったようだ。

工場に着くと、山崎さんは、助手席の桜井さんに念を押した。

「あの裏門の前だ。この時間、この通りは、ほとんど車は通らない。来るとしたら工藤だ。いいタイミングで俺が来ておまえを刺す。コンドウは死ぬ。いいな」

「もし、演技だってばれたら？」

「死ぬ気で演じろよ」

「……」

「安心しろ、人は意外に簡単にだまされる。岩城社長なんて、演技の経験ゼロだけどな。うまくやったぞ」

「えっ。岩城社長が、演技？」

「俺は、便利屋だ。殺し屋じゃない」

山崎さんは、ポケットからナイフを出すと、その刃先を引っこめて見せた。

「東京だけで、毎年何人、行方不明者が出ると思う？　中には、自分から消えたいと思う人間もいるんだよ、大金払ってでも」

「じゃあ、あの社長は」

「工藤から俺に殺しの依頼が来てな。すぐにそのことを社長に教えてやって、いいギャラで仕事させてもらったんだよ。今ごろ沖縄でゴルフでもしてるよ」

……そう、だったのか。

便利屋って、そういうこと。

「あの愛人の女も、知ってるのか？」

「いや。教えたら、あの女が危険だって説得したら納得してくれた。本当に惚《ほ》れてたみたいだな、社長は」

「じゃあ、雑誌の記事も、ぜんぶ、ウソか」

「もともとうわさを流したのも、あの雑誌社に情報を与えたのも、俺だ。なんの関係もない事件に、まるで裏でコンドウって人物が絡んでるような話を流して。宣伝活動だよ。けっこう金も使った」

「……」

「物騒な依頼が来たら、そのターゲットの人間にコンタクトして、両方からギャラをもらう。けっこう大変な仕事だ。完璧《かんぺき》な計画が必要だからな」

私は、資料ファイルの計画日程の下段に目を向けた。

10月6日　G社72便で岩城と那覇空港へ　23時30分着
　タクシーで泊港《とまりこう》へ　0時着　R丸乗船

10月7日　M島　9時着
　Kホテルまで岩城と同行　部屋でD銀行小切手受領
　N社53便で那覇空港へ　12時30分着

F社225便で羽田空港へ　15時着
空港内パーキングより帰路　15時50分着　藤本にギャラ引き渡し指示

「だいぶ儲《もう》かったけどな。もう、充分だよ、金は。おまえには、一生使えるIDを作ってやるから、それで不便はないよ。家族も親戚《しんせき》もいないんだろ」

「ああ」

「なら問題ない」

「あんた、結婚してないのか？」

桜井さんは、ポケットから一枚の写真を出した。

「あのクッキー缶に入ってた。これ、昔のあんただろ」

山崎さんは、その写真を手に取ると、苦い表情で投げ捨てた。

写真は、私のそばまで飛んできた。

「一度、したけどな。別れたよ、八年前に。というか、逃げられた。まだまともな商売してたころだからな。貧乏で……。どっかの金持ちと、再婚したよ」

拾いあげた写真には、若い頃の山崎さんが写っていた。

どこかの小さなアパートの一室で、汚れた作業着を着て、だれか女性と並び、られしそうに笑っていた……。

「あ」

桜井さんが、私をうらみがましい表情で見つめている。

汗だくで、肩で息をしている。

私は、さっと立ちあがった。

そして、力いっぱい拍手した。

お芝居は、終わり。

このあとのできごとは、私も知っている。

「ありがとうございました」

一礼し、桜井さんに近づいた。

「すごいです。あれだけのセリフをすらすらと。ふつうは憶《おぼ》えきれません」

桜井さんは、額の汗を拭《ふ》き、息を整えながら、こう言った。

「憶えられる、わけないだろ。演じる人物の、心理をつかむ。その人生を送る人間に、なりきる。セリフや動きは、おのずと内側から出てくる。それが、俺の演技メソッド」

「ストラスバーグ、以上、ですね」

桜井さんは、くずれるような笑顔を返してきて、深々と腰を折り、一礼した。

七、障害だって乗り越えてみせる！

山崎さんのマンションを出たあと、私と桜井さんはタクシーに乗りこんだ。

行き先は、綾子さんの団地。

「なんだよ。じゃあ、俺が最初に言ったとおりじゃないか」

桜井さんが、おもしろくなさそうに私を見た。

私は、頭を下げた。

「すみませんでした。綾子さんが団地に戻る可能性は、ありましたね」

「あそう？　なんで」

目を丸くする桜井さんに、私も目を丸くした。

本当に、この人は、なんの計画性も必然性もなく行動するタイプらしい。

「桜井さん、見てないんですか、テーブルの下に置いてあった、青い資料ファイル」

「見たよ、何日もかけてじっくりと。じゃなきゃ綾子さんの住所も仕事先も、わかりっこない」

「工藤さんとの過去の関係について、書いてありましたよね。それは車の中で、山崎さんからも聞いてますよね」

「ああ」

「岩城社長と知り合ったきっかけとかも、書いてありました。見ましたか」

「……ああ。たぶんな」

桜井さんは、不愉快そうに顔をそむけた。

あれだけ綿密に調べつくした山崎さんの資料を読んだ上で、綾子さんを助ける決意をしたのだとしたら、やっぱり、一生に一度くらいだれかに褒められたかったという私情以外に理由がない気がする。

ふつうなら、綾子さんという人のすごさに目が行くだろうから。

資料の内容を要約すると、こういうことになる。

綾子さんは、高級クラブのホステスをしている時に、自ら工藤さんに接近していた。他のホステスたちから敬遠されていた工藤さんを優遇して、自分の上客に収めた。

工藤さんは、神和会という暴力団の幹部で、次期総長候補とうわさされる、裏社会の精鋭だ。

野心家で、表社会の有力者とのコネクションを構築しようと画策している人だった。ある日、常連客である某政治家秘書にアプローチする目的で、綾子さんのいるクラブを訪れた。

お店が方針を抑えて、工藤さんを客として迎えいれたのは、ナンバーワンホステスである綾子さんの判断だったそう。

それ以降、工藤さんは有力者との会合にのみ、上品にそのお店を利用するようになる。

初めは、工藤さんと一定の距離を保っていた綾子さんは、交際中のＩＴ社長が不正事件で失墜してまもなく、工藤さんとの本格的な交際を開始する。

その頃、工藤さんは岩城商事の岩城社長をターゲットに、クロージングを推し進めていた。たび重なる会合は、もちろん、そのクラブで行われた。

岩城社長が工藤さんとの結託を決断したのも、綾子さんの助力があったからだろう、と山崎さんは推測している。

そのうちに、岩城社長個人も、綾子さんの上客となっていく。

そうと知らない工藤さんは、綾子さんにますます執心していった。

毒ヘビと恐れられている工藤さんが、綾子さんの前では別人のように紳士的だったという証言もあった。

また、工藤さんは一度、綾子さん名義で不動産物件を購入しかけているけれど、綾子さんの意思で、契約を棚あげにしている。

ひとり息子さんをことのほか大切にしている綾子さんにとって、ヤクザの工藤さんは、やっぱり置き石だったのだろう。

自分の元を去って岩城社長と熱愛するという屈辱的な展開に、工藤さんは一度は耐えた。

けれど、持ちかけた不正ビジネスの巨利をそっくり着服していた岩城社長のほうは、捨て置いておけるわけがなかった。

ただ、表立って動いて、素人に煮え湯を飲まされたと評判が立ってしまうと、自分の展望に傷がつく。

それで、秘密裏に社長を抹殺するよう、コンドウに依頼した。

というのが、事件の大筋だ。

山崎さんは、資料の隅に、こんな走り書きをしていた。

『井上綾子――聖女？　悪女？』

たしかに、どちらとも取れる微妙なラインを行き来している女性だと、私も思う。

でも、だからといって、

「金のことなど知らないと言っていた。地味でさ。スーパーのレジ仕事でつつましく子どもを育ててる。ああいう女はウソなんかつけないよ」

とまで、短絡的に判断していいとは思えない。

綾子さんには、高級クラブのナンバーワンホステスの頃から、浪費のうわさがひとつもなかった。

ということは、手元の蓄えはおそらく少なくないと考えてもおかしくないし、つつましい生活を余儀なくされている理由も見当たらない。

「こうも言ったよ。そんな金があったら、人を雇って岩城社長の敵を討つって。涙ぐんで、あなたは本当に人を好きになったことがありますか、って」

「そんなに、岩城社長のことを？」

「うん、泣かせるよ。婚約もしてたんだしな」

それなら、どうして工藤さんと手を切らせなかったのだろう。

一度は、恋人だった工藤さんのために協力したのだとしても、岩城社長に愛情が移ってしまったのなら、悪事に引き入れた自分自身の責任を感じなかったのだろうか。

結婚を決めた男性が、ヤクザと手を組んで不正を行っているのを見て見ぬふりするなんて、少なくとも私には考えられない。

綾子さんが、どちらの種類の女性なのかを検証する材料が、もっと必要だった。

それを最速で見つけられるとしたら、やっぱり自宅だろうと思った。

そして、綾子さんが戻ってくる可能性もある。

聖女だったら、息子さんを待つために。

林間学校への携帯持ちこみは禁止だそうだから、危険を承知で家に帰らなければ、息子さんと落ち合えない。

悪女だったら、そこにもうひとつ、大切なものがあるから。

岩城社長を陰であやつっていたのが、綾子さんなら……。


団地に着くと、私はタクシーを降りて、まっすぐに綾子さんの家に向かった。

なにか見つけられる気がして、うしろの桜井さんをふりかえりもせず、私は歩いた。

団地の階段を上り、玄関のドアを引いてみると、開いた。

中に入ると、短い廊下の隅に、新聞や雑誌が積み重なっている。

表紙に見覚えがあった。

『VIP』のバックナンバーが十数冊、積んであった。

「……」

桜井さんも玄関から入ってきた。

「鍵《かぎ》、壊れてました」

私が言うと、「しっ」と指を口にあて、

「あいつらが開けたんだ」

とささやきながら、部屋の隅を見おろして歩いた。

そうだった。盗聴器。

壁のコンセントを見てまわり、やがて桜井さんが、それを見つけた。

コンセントから外して、ダイニングテーブルの上に置いた。

これで会話ができると思った時だ。

桜井さんの携帯が鳴った。

「俺だ。あの人は無事か」

耳を寄せると、声は山崎さんだった。

どこにいるのだろう。すぐそばで、激しい水流がしている。

「ならいい。そのままもう少しそこにいろ、ぜったいに危険にさらすな。用足しのふりして便所で電話しているが、俺はこれから、工藤たちを遠方に連れ出す。おまえが女に用意したあの物件だ。どうやら工藤は、コンドウが女に惚《ほ》れて助けようとしているると思っているらしい。だから、コンドウは、自分が用意した新居で女と落ち合うつもりだと、偽の情報を教えた。ある程度時間を稼いだら、工藤の前でおまえを殺す状況をもう一度作り直す。それまで連絡を待ってろ。切るぞ」

話の内容から、山崎さんは、コンドウの手下の吉田という人物を演じて、うまく工藤さんの動きをリードしているらしかった。

だけど、私と桜井さんが、まだリカさんのアパートにいると思っているよう。

どうしよう、と思ったその時だった。

ベランダのほうで物音がして、外側から窓が開いたかと思うと、ふわっと持ちあがったカーテンの下から、女性が這《は》い出てきた。

「……」

清冽《せいれつ》な美貌《びぼう》のその人が、綾子さんだった。

綾子さんは、大きな瞳《ひとみ》で呆然《ぼうぜん》と私たちを見た。

そして、くるっと背中を向けた。

「待て！」

桜井さんが引きとめた。

「外に見張ってる男がいるんだ」

「知ってるわよ」

窓から出ようとする腕を、桜井さんが後ろからつかんだ。

「なにするの、離して」

ふりほどこうと綾子さんが腕を大きく振ると、桜井さんの上着の内側から、バサッとなにかが落ちた。

血糊《ちのり》の入った袋だ。

「なによこれ。あんたたち、なんなのよ」

「きのう話したとおりだ。あんたを逃がそうとしてる。見張りがいるのを知ってて、なんで入ってきた。この家には、盗聴器も仕込まれていたんだぞ」

「えっ」

綾子さんは、美しい顔を悲しそうにゆがませた。

「じゃあ、きのう話していたことも」

「ああ。工藤たちの耳に入っていた。車であんたを待っているうちに、あいつらが乗りこんできて。どうにかつかまらずにすんだけどな。それから、あんたが心配で、ずっと探してたのに、どこにいたんだよ」

「やめて」

綾子さんは首をふり、両手で顔を覆った。

「もう、いや。だれも、なにも信じられない。こんなこと、もうたくさん……」

声と細い肩が、ふるえている。

桜井さんは、血糊の袋を拾いあげて、それを苦々しく見つめた。

工場裏でのコンドウ殺し芝居のために、上着に仕込んだものだろう。

「なんで戻ってきた。死ぬ気か？」

綾子さんは、小さく首をふった。

「逃げろと言っても逃げない。つかまると知ってて戻ってくる。なにがしたいんだ」

「……わからない」

綾子さんは、泣き顔で壁を空虚に見つめると、そのままがくっと畳にひざをついた。

「あの子は、なにも知らないのよ。あの人のことも、岩城のおじちゃーんって、一生懸命なついてくれて。私のためにと思って、あの子なりに、精いっぱい笑顔作って……。私がいてやらなきゃ。私は、ここであの子の帰りを待たなくちゃ。笑って、おかえり、楽しかった？　って迎えてやらなくちゃ……」

「……」

胸が焼けついた。

桜井さんは、もらい泣きしかけて、唇を嚙《か》んでいた。

そして、座りこむ綾子さんの前に出て中腰になると、満面の笑みを浮かべた。

「信じろ」

「……」

「なにを不安がることがある。あんたと息子さんをなんとか助けようと、命知らずの大芝居を打ってる、ただのバカな役者さ。この血糊もその小道具だ」

「役者、さん？」

綾子さんは、うるんだ瞳で、きょとんと桜井さんを見あげた。

「そう。あんたには悲劇は似合わない。母親がそんな顔しちゃいけないんだろう、遠くで息子さんが悲しむじゃないか。さあその涙を拭《ふ》いて」

なんだろう。桜井さんの、この雰囲気。言葉や表情。

急に、英雄調、というような感じのものに変わっている。

綾子さんは泣き笑いになり、うんうんとうなずきながら、手で頰をぬぐった。

これもあるのかもしれない、と思った。

桜井さんが、綾子さんを助けようと決めたのは、一生に一度くらいだれかに褒められたかっただけではなく、綾子さんのドラマティックな雰囲気に無意識に同化した、というか。

それはそうとして、

「あの」

と、ふたりのやりとりに割り入った。

「見張りがいたなら、私たちや綾子さんがここに来たことが、工藤さんに伝わっているんじゃないですか。もうすでに、息子さんを笑ってお迎えできない状況になっていると思うんです。とりあえず逃げて、どこかで息子さんと落ち合う方法を考えたほうが」

綾子さんが、小首をかしげて私を見た。

「あの、あなた、も？」

「あ。いえ、私は役者ではなくて」

じつは、ご愛読の『ＶＩＰ』の編集部の者なんです、と自己紹介しようかとも思ったのだけれど、桜井さんが「とりあえず、こっちへ」とひとさし指で手招きしたので、綾子さんに手を貸して、一緒にあとにつづいた。

桜井さんは、ダイニングの椅子に私と綾子さんを座らせ、テーブルの盗聴器の横に、血糊の袋を置いた。

そして、また畳の居間に戻ると、ベランダのカーテンと窓を少し開けて、外を見た。

「見張りの車は、あの公園の手前に停まっている。ここへ上がる前に確認した。だが、あのチンピラおやじは、居眠りこいてるよ。俺たちがここに来たことも知らないで」

「眠っていたんですか。よかった」

様子を見ようと立ちあがると、

「ストップ！」

桜井さんが、外を見たまま私を手で制した。

「悪いが、吸わせてくれないか」

「……」

桜井さんは、タバコを吸いながら、真剣になにかを考えている。

またポーズだけなのではないかと思ったけれど、綾子さんが灰皿を届けると、「よし。これでいこう」と、思案を固めたようにタバコを揉《も》み消した。

ダイニングテーブルを囲んで、桜井さんの説明を聞く。

「見張りのチンピラは、頭にヘッドホンをつけていた。この盗聴器の音声が流れているはずだ。そこで、こいつをもう一度、コンセントに差しこむ。そして、あんたがこう叫ぶ……」

桜井さんは、さっきまでの頼りない人とは、別人のようだった。

立てた計画も、思いのほかやみくもでもなく、成功すれば、一気に危機を脱する可能性があり、少し驚いた。

山崎さんの連絡を待ったほうがいいという気もした。

けれど、私と桜井さん、そして綾子さんまで団地にいることを彼は知らないから、新たな策略が狂うことも充分考えられる。

やってみるしかないかもしれない。

もちろん、一抹の不安はよぎる。

お芝居の経験もない私や綾子さんに、やりとおせるだろうか。

そんな思考の背景に、ふと、マンションでの桜井さんの独演が思い浮かんだ。

山崎さんの、あるセリフがよみがえった。

安心しろ、人は意外に簡単にだまされる。岩城社長なんて、演技の経験ゼロだけどな。うまくやったぞ。

「……」

「というシナリオだ。そう難しいこともないさ。主演はプロの仕事だ、まかせればいい。俺を信じろ」

たしかに、成功か失敗かの大半は、コンドウ役の桜井さんにかかっている。

信じようとする自分がいた。

綾子さんは、当惑している。

「お芝居なんてしたことないのに。もし、ウソだとばれたら」

「死ぬ気で演じろよ」

「……」

このセリフ。

「安心しろ、人は意外に簡単にだまされる。岩城社長なんて、演」

「あ！」

「えっ。岩城が、なに」

「あの、やるなら早いほうがいいと思います。練習しましょう」

桜井さんを信じきれない自分は、このさい、追いやるしかない。

私たちは、桜井さんのシナリオどおりにリハーサルをし、本番に臨んだ。

「……いくぞ」

うなずく。

桜井さんは、盗聴器をコンセントに差し込み、綾子さんに合図した。

「あっ。あなたは、きのうの」

「よう。探したぜ、井上綾子」

「ど、どうしてここへ」

「それはこっちが訊《き》きたいね。おかげで計画がだいなしだ。手こずらせやがって」

「やっぱり、だましてたのね。私を助けようなんて、ウソだったのね」

「ウソはおたがいさまだろう。さあ、おとなしく金のありかを教えてもらおうか」

「なんのことなの。知らないわ」

「しらばっくれるんじゃねえ！　岩城から聞いているはずだ。金はどこだ、どこにある！」

「知らないったら。私はなにも聞いてない。きゃあっ」

「おおっと、いい子にしつけているじゃねえか。どうだ坊や。怖くて声も出せないかい。ん？」

「なにをするの、やめて！」

「ふっ。ガキの命が惜しいか。なら言え！　金はどこだ。岩城の金はどこにある！」

「本当よ、本当になにも知らないのよ。お願いだからその子を離して！」

「チッ、強情な女だ。しかたがない。坊やの血の色を見せてやろう。ほうらどうだ。気が変わったか」

「やめて、息子には手を出さないで！……えいっ」

「うっ！」

「博人、今よ、逃げるのよ、早く！」

「こ、このアマあ……死ね！」

「あーっ！」

ばさっ。

「……悪く思うなよ、坊や。おふくろのそばに行ってやれ……」

どすん！

ばさっ。

「……」

私は、桜井さんの合図とともに、盗聴器をコンセントから抜いた。

綾子さんが起きあがり、「はあっ緊張した」と額の汗を拭《ぬぐ》う。

「これで、見張りのおやじも目を覚ましただろう。腰を抜かして工藤を呼びもどしているはずだ。あとは、いいな」

綾子さんは、ふたたび緊張の面持ちで、うなずいた。

工藤さんたちが、ここにやって来る。

息子さんの学生服に着替えながら、私の心臓ももちろん、早鐘のように鳴っていた。


夜明けの薄明かりを感じた。

団地の階段を上る足音がする。

ギイ、バタン、と玄関のドアが鳴った。

しずかに入ってきた工藤さんともうひとりのヤクザ、山崎さんの三人は、すぐに血まみれで居間に倒れている綾子さんに気づいたようだ。

張りつめた気配が伝わってくる。

ダイニングから、カチッとライターが点火する音。

「ちょうどよかった」

低く作った桜井さんの声が、静寂を破った。

「今、電話しようと思っていたところだ」

桜井さんは、ふうとタバコを吸った。

けむりが、私のいる子ども部屋まで流れこむ。

「工藤、さん」

桜井さんの座る椅子が、ギイ、と床をこすった。

「仕事はね、美しくなくちゃいけない」

「……」

「私には、私のやり方がある。どうやって、人を信用させるか。どうやって、女から金のありかを聞きだすか。すべては、順調に進んでいました、いつもどおりに。それを、あなたたち素人があせってよけいなことをしてくれたおかげで、予定がくるった」

三人のだれかが、キュッとダイニングの床を後ずさる。

「今回の仕事は、美しくない」

「……」

「子どもは、予定外でした。でも、しかたがなかった」

見られてる、と息を止めた。

桜井さんの背後にある息子さんの部屋で、私は死んだふりをしていた。

「子どもを利用して、金のありかを聞く以外なかった」

バン！　とテーブルをたたく音。
「おまえらのせいだぞ！」
突然のどなり声に、「ヒッ」という若い男性の声が重なる。
工藤さんと山崎さんの声は、一度も聞こえてこなかった。
「金は、ない。息子の命をかけてまで、ウソはつかないよ……」
私は、血糊《ちのり》でむずがゆい自分の手を見つめ、そのまま、その先に、視線を伸ばした。
部屋の壁に立てかけてある、青いエレキギター。
息子さんのものだろう。
でも。
待って。
あれって、まさか。
やっぱりそうだ。
信じられない。
「行こう。死体は、うちの人間が処理する」
桜井さんが立ちあがったようだった。
うまくだませたのだろうか。

それにしても、あのギター。横の白いギターもそう。

あの机も。椅子も。棚も。

よく見れば、真横にあるこのベッドも。

「金がなかったのは、俺の責任じゃない。約束どおり、ギャラはもらうぞ」

「……」

「それから、その男。できは悪いが、一応うちの人間なんでね。返してもらうぞ」

桜井さんが、歩き始めた時。

「おまえ」

工藤さんの声がした。

「なめてんのか？」

背筋が、一瞬で凍りついた。

と思うと、たちまち綾子さんのいる居間から、ドスッ、となにかを蹴《け》りあげる音がした。

「うっ！」

綾子さんの声だ。

「血まみれの死体は、何度か見た。匂いが、すごいんだよ、血の匂い。やるなら、本物を用意しなよ」

　見抜かれていた。

　おそるおそる目をやると、桜井さんはヤクザの手下にはがいじめにされ、のどにナイフを突きつけられている。

「うう……」

　これは、お芝居じゃない。

　本物だ。

　でも。

　私は、勇気をふりしぼって、立ちあがった。

　これだって、本物。

「金は、どこだ」

　おなかを押さえてうめいている綾子さんに、工藤さんが訊《き》いた。

「だから、ないって言ってるでしょ！」

「じゃあ、息子さんに訊いてみようか？」

　ふりかえった工藤さんと、私の目が、合った。

「あの。この部屋に」

全身を走るふるえを抑えて、私は工藤さんに言った。

「二億円、くらい、あるんですけど」

「……」

「このギター、エリック・クラプトンが使っていた、五九年製のレスポール。たしか、オークションで、二千万以上したものです。こっちは一千万くらい。あの、ガレのランプもふたつ合わせると、一千万以上するし」

私は、息子さんの部屋にあるものを指さしながら、説明していった。

「あの画《え》は、パウル・クレーですよね。このオモチャも、この棚も、このベッドもぜんぶヴィンテージのレアものばかり。すべて合わせると、たぶん……」

「ウソよ！」

綾子さんが叫んだ。

「……たしか？」

私は、工藤さんに、うなずいた。

「私、わかるんです」

「あんた、だれだ」

「え」

こまって桜井さんを見ると、

「まあ、いいや」

と、工藤さんは息子さんの部屋をながめ始めた。

「社長のアイデアか？」

たぶん、少しちがう。

ここにある、そうそうたる一流品、ヴィンテージの逸品たちは、『ＶＩＰ』で取りあげたことのあるものばかりだ。

綾子さんのアイデアで、社長と相談しながら、買いそろえていったのだろう。

山崎さんが、工藤さんのそばにやってきて、小声で言った。

「コンドウは、まだ俺のことを信用してます。俺にやらせてください」

「できるのか」

山崎さんがうなずく。

「わかった」

工藤さんは、ダイニングの桜井さんに向き直った。

「コンドウさん。こっちは金が入れば文句はないんだ。今回のこと、秘密にしてもらえば、こっちもすべて忘れましょう」

そして、どこかに電話をかけた。

「おう、トラックを借りてこい。引っ越し用のやつだ」

「冗談じゃないわよ！」

向かってくる綾子さんを、山崎さんがすばやく取り押さえた。

そして、首にナイフを突きつけた。

「しばらく、おとなしくしてもらうぞ」

「……」

その、悔しいような、悲しいような、複雑な表情を、私は、偽物の悪女だったのか、本物だったのか見極めるような、複雑な気持ちで見つめていた。

おなじく、山崎さんのことも。

貫禄《かんろく》と深みのある顔だちは、ほとばしるすごみとぴったり調和していた。

あれは、偽わりの顔なのか。

それとも、本物なのか。

八、最後に信じるもの、それは……

夜明けは終わり、外はもう、朝が始まっていた。

綾子さんは縛られ、口にロープを噛《か》まされたまま、抵抗した。

ふたりのヤクザの男性が、乱暴にクライスラーのトランクに押しこんだ。

「綾子……女は、なるべく楽に殺してやってくれ」

工藤さんが、去りぎわに山崎さんに言う。

それを、後部席から盗み見ていて、感じた。

工藤さんは、本当は、綾子さんを信じたかったのだろう。

けれど、完璧に裏切られていたと認めるよりなかった。

それなのに、それでもまだ、消えずにかすかに残っているものがある、ような気がする。

それはなんなのだろう、とぼんやり思った。

「わかりました」

山崎さんは、工藤さんに一礼すると、運転席に乗りこんだ。

すぐには車を走らせなかった。工藤さんのうしろ姿を見送っている。

そして、団地に入っていくのを見届けると、携帯でどこかへ電話をかけた。

「あ、警察ですか。空き巣が入ってるみたいなんですけど。ええ、今です。なんか怪しい男三人が、鍵《かぎ》をこわして中に入っていくのを見まして。はい、平沢団地の一〇八号室です。すぐ来てください」

助手席の桜井さんが、山崎さんを見た。

「トランクの女は、息子と一緒に、俺が社長のところまで運ぶ。仕事だよ、おまえが使った経費も含めて、ギャラはぜんぶ社長に請求する」

山崎さんは、シートベルトをしめながら、桜井さんに言った。

「おまえ、なんで逃げなかった」

「え、なんでって」

「まあ、いいや」

そして、バックミラー越しに私を見た。

「……助かったよ」

「……」

私の返事を待つのをやめたように、クライスラーにエンジンがかかった。

ゆっくりと進み出し、団地の敷地を出ると、早朝のすいた道路を、なめらかに走り始めた。

車の中では、だれもなにもしゃべらなかった。

背中のシートに、綾子さんがトランクをガンガンと蹴《け》る振動が響いていて、私は浅く腰かけ、足元ばかり見つめていた。

なので、ずいぶん長い信号待ちだと思って顔をあげ、初めて気づいた。

工場裏の、私の車のうしろで停まっていた。

「……」

だれもしゃべらないので、私もだまって車を降りた。

横を通り過ぎる時、一瞬、運転席を見た。

「……」

山崎さんは、閉めた窓越しにうっすら微笑み、短く手を振ると、すぐに車を走らせ、やがて見えなくなった。

私は、自分の車へと歩いた。

この、初めての感覚は、なんなのだろう。

胸の中で、なにかが、ざわざわとなびいているような。

フロントガラスで風になびいている、駐車違反の黄色い標章。

「……」

見つめていてもわからないので、標章をはがし、私は車に乗りこんだ。

見慣れた住宅街の角を曲がると、家が見えた。

三つ手前の家、ふたつ手前の家、となりの家を過ぎたところ、ガレージの前あたりまで来て、いったん道路に車を停めた。

そのまま、ぼうっと座っていた。

時計の表示は、十二月一日、午前七時。

時刻の数字を、逆算してみる。

ここを出てから、十五時間経っていた。

ぐったりと疲れているはずだった。

なのに、胸の中でなにかが動いている感覚の、その正体が、私の帰宅を引きのばしている自覚があった。

でも、それがなんなのか、わからない。

ただ、わからないからといって、帰宅を延ばしつづけているわけにはいかない。

きのうの夕方、このガレージを出た時、私にはまだ、結婚を決めた人がいた。

でも、たぶん、人生における重大な事実が、一夜で変わってしまうことって、あるのだろう。

きのうまでの十一月と、今日からの十二月を、おなじ状況で生きられるという保証なんて、私にかぎらずだれにもない。

これからは、それを考慮にいれて、計画をもっと入念に、練るようにすれば、それでいい。

私は、ビジネス手帳の、十二月のページを開いた。

十四日の予定、『HAPPY WEDDING』の文字を、ペンで真っ黒にぬりつぶし、隅に中止、と書きこんだ。

助手席に置きっぱなしにしていた、キャンバスのバッグを手に取った。

できるだけ早いうちに、桜井さんのアパートに届けよう。

中のノートは、おそらく、もうだれも必要としていないし、だれにも必要とされていない情報ばかりだし、私が保管するという考えは、ひどく気が進まない。

捨てるべきだろうか、と思いながら、ノートを取り出した。

そして、山崎さんが、桜井武史さんだった時の書きこみを、読み始めた。

桜井武史さん三十五歳。

役者さん。

お風呂《ふろ》屋さんで転んで記憶を失くして、自分のことを、すべて忘れてしまった。

私と知り合い、焼きとりの取材に同行し、エキストラからチンピラに抜擢《ばってき》され、一緒にお芝居を観に行って一緒に笑った。

演技の本を、たくさん、丹念に読んで勉強し、劇団にも入り、編集部でも一ヵ月間、精いっぱいアルバイトに励んだ。

私と結婚するために、努力してくれていた人。

これらの自分情報を丁寧に懸命に記録していたその人は、もう、この世界のどこにも存在しないということなのだろうか。

そういうことなのだろうか。

そう思いながら、次のページをめくった。

すると。

【好きなもの】の項目の部分、焼きとり、クッキー、掃除といったたくさんの書きこみの上に、大きなバツがしてあり、その下に、何重にも丸で囲まれた『水嶋香苗』の文字が目に飛びこんできた。

好きなもの。

水嶋香苗。

キューン！

胸が、大きな音を立てた。

痛いっ！

と、胸を押さえて前を見たら……。

キューン、キューン、キューン。

曲がり角の電柱に、バンパーをめりこませているクライスラーが、盛大に防犯アラームを鳴らしながら、ドアを開け、運んできたひとりの男性の姿を、私に見せた。

「……」

運転席から降りてきたその人は、歳は、四十歳くらい。

貫禄《かんろく》と深みのある顔立ち。

怒っているような不安なような、説明しがたい表情を浮かべて、じっとこちらを見つめている。

私も、車を降りた。

そして、その人とおなじように、一歩一歩、前に進んで、距離をちぢめた。

職業、名前、誕生日、血液型、生活スタイル。

出身地、経歴、これまでのプライヴェートな経験とか、趣味や、友人関係。

これから、なにをどうして生きていくのか。

なにに向かって、こちらへ歩いてきているのか。

正確な情報は、なにも知らない。

ただ、はっきりとわかることが、ひとつだけある。

まちがいなく、私の結婚相手だ、ということ。

「……」

ちぢめた距離がゼロになり、包みこまれた厚い胸の中。

やっと動き出したハートのセンサーが、くりかえし、そう知らせている。

キューン、キューン、キューン……。

遠くで防犯アラームの音が聞こえて、本から顔をあげた。

山崎さんだろうか。

きっとそうだ。仕事が終わって、ここへ向かっているのだろう。

さんざんにぶつけ、へこませて、外観がすっかり変形した上に、防犯アラームまでこわれてしまった彼の愛車は、二週間前のあの朝を最後に、ずっと路上に出ていなかった。

山崎さんは、処分の方向で検討していたけれど、その時期を引きのばしてもらった。ハネムーンカーには、あの車がもっとも適している気がしたから。

明日、私たちは、朝いちばんで式をあげ、午後二時にパーティを終わらせ、それから三日間、月曜日の朝に仕事が始まるまで、短いハネムーンにでかける予定だ。

この予定は、行き先もプランも、未定だった。

いつ動かなくなってしまうかわからない車で、どこまで行けるか、なにが起きてその時どうなるか、という不安定な経験をあえて踏んで、今後の適応力を高める努力をしたかった。

私は、この結婚計画で、人生には、立てた予定どおりにいかないこともあるのだと学んだ。

長い結婚生活には、思いもよらないできごとだって、たくさん起きるだろうと思う。

もちろん、ひとりでは心もとないけれど、ふたりだから不安はない。

それぞれの記憶に残るあの車での、共有できる思い出も作っておきたかったし。

走行中、突発的に防犯アラームが鳴ってしまうものの、たたけばやむ。

なので、荷物を詰めた私の旅行バッグを積みに、彼は今、ここへ向かっている。

「山崎さん、そろそろ見えるんじゃないの。準備はできた？」

「母さん」

「あらま、のんびり本なんか読んで」

母さんは、部屋に入ってきた。

手に紙袋を持っている。

「大丈夫よ、荷物はもうまとめてあります」

「忘れ物はない？　ほら、これも入れておきなさい。ばんそうこうと胃薬とカイロ」

「そうね。ありがとう」

「あとこれも。ちょっとかさばるけど車だからいいでしょう。ミルに、ドリッパー、ポットにコーヒー豆」

「要るかしら」

「要るわよ。香苗はこの豆しか飲まないのに。どこでも飲めるとはかぎらないんだし、一応持っていきなさい。朝多めに淹《い》れて、残りはこれに入れれば車でも飲めるから。あったまるわよ」

母さんは、保温水筒を差し出した。

「ありがとう」

私は、旅行バッグに、コーヒーのセットと水筒を入れた。

母さんから離れることが、さみしく思えた。

「それから、これも」

母さんは、もうひとつ、紙袋から出して見せた。

「パジャマ？」

白い無地の女性用と、水色の無地の男性用。

「お父さんからよ」

「えっ」

「半年前から用意してたのよ。香苗がお嫁に行く時に持たせようって。バカなヤキモチ焼いちゃって。香苗の結婚相手になる人が、このパジャマを着た香苗を見るたびに、俺の顔を思い出すようにって。まったく、しようのないお父さんね」

「父さんが……」

涙がこみあげた。

「どうしても、ひとことお婿さんに言わなきゃ、気がすまなかったんでしょう。どうか香苗を大事に扱ってくれって。そういうことよ。持っていってやって」

うなずいたら、受け取ったパジャマに涙が落ちかけて、あわてて目をぬぐった。

父さんは、小さい時からずっと、私が使うもの、身につけるもの、鉛筆、はさみ、ランドセルや靴、パジャマに家具。

この部屋にあるもの、目に見えるものみんな、選んでくれた。

一流のものに囲まれて、一流のものの本質を肌で覚えて、一流のものを見抜く目を養い、ちゃんと一流の男性を選べるように。

「泣かないの、香苗」

母さんの笑顔が、涙でぼやける。

小さい頃からずっと、私が食べるもの、飲むもの、かぐ香り、雰囲気。

おいしいとか、うれしいとか、心地いいとか。

私が感じること、目に見えないものみんな、母さんが、さりげなく選んでくれていた。

「香苗は、昔からこうだったわねえ。目に涙をいっぱいためてがまんして。翔子みたいにピーピー泣かなかった」

「母さんが、泣かないのよって言うから……昔から」

母さんは、にっこりうなずく。

「明日も大丈夫ね。どちらにしたって香苗が泣く出番はないわよ。山崎さんが、ああ涙もろいんじゃ。お父さん顔負けで、びっくりしちゃったわよ」

「……」

たしかに、母さんの言うとおり。

明日、山崎さんがどれだけ泣くか、私もだいたい予想はついている。

結婚の承諾をもらいに、ここに来た時もそう。

母さんの顔を見てから、どうにか用件を伝えて、了承を得、軽い談話に移って、いとまを告げるまで、ハンカチの乾くひまがまるでなかった。

プロポーズの時も。

「あら」

まただ。さっきよりも間近で、防犯アラームの音がする。

「見えたんじゃない。一緒に持とうか」

「ううん、大丈夫」

私はパジャマを入れると、旅行バッグを持って、母さんと一緒に玄関へと歩いていった。

キューン、キューン、キューン……。


二週間前の、あの朝。

家の前で、クライスラーから降りてきた山崎さんを見た私は、やっぱり結婚相手はこの人だ、と思った。

それはいい。

私としては、予定を変えずにいられるということ。

ただ、山崎さんはどうなのだろう。

なにを目的に、ここへ来たのだろう。

その大事なことに気づいて、彼の胸から顔を離し、「あの」と見あげた時、防犯アラームが鳴りやんだ。

見ると、車の後部席に綾子さんがいたので、車内のどこかをたたいて、アラーム音を止めたのだろうと思った。

綾子さんは、心からのいらだちをあらわにした顔で、タバコをふかしている。

これから、山崎さんが、沖縄に送り届ける予定のはずだ。

綾子さんは、一刻も早く、無事に生きていた岩城社長に会いたいのだろうと思い、私は極力簡潔に、山崎さんに訊《き》いた。

「あの、目的なんですが」

「え」

「ここへ来た、目的です。さっき、もう私とは、会わなさそうに見えたので」

「あ、はい、それは、そうなんですが」

「私は、やっぱり結婚相手はこの人だと思ったので、こうしています。山崎さんは、なにか具体的な目的があったりするんでしょうか、これ」

「す、すみません」

山崎さんは、申し訳なさそうに、私の背中に回した腕をほどいた。

そして、一歩下がって私を見た。

「じつは、その。訊こう、と思って来ました」

「なんでしょうか」

「それはですね。あの、あなたには」

「はい」

「……」

次の発言を待って見つめていると、山崎さんは、突然、「うっ」とうなり声をあげた。

「え？」

目には涙が浮かんでいる。

「いや。あれ？」

涙が頬を伝い始めた。

「すいません。なんか、あなたといると、なにかが、ゆるむ、というか。こわれていく、というか。すいません。……あれ。ぜんぜん、止まらない、なあ」

ちらっと車に目をやると、綾子さんが、いまいましそうに、私をにらんでいる。

「たしかに、僕のような男は、あなたにはふさわしくないと、そう自分に言い聞かせは、したんですが。あいつに、言われまして。いや、僕自身が。ダメだ。こんな状態じゃあ、うまく説明しきれない」

涙をぬぐいつづける山崎さんに、

「努力してもらえませんか」

と、綾子さんの視線を気にして、私は言った。

山崎さんは、乱れた表情で「はい」とうなずき、ふるえる声で話し始めた。

「あのあと……」


あのあと、あなたを、工場裏で降ろしてから、あいつを、アパートまで送りました。あいつというか、桜井さんです。鍵《かぎ》泥棒の。あの軽率な。

あ、いえ、すいません、悪口じゃないんです。

僕自身、人をとやかく言えるような人間じゃないので、悪口のつもりはありません。ただ、正直、短絡的で、あまりにも軽はずみなことばかりしているので、これまでも、まわりの迷惑とか、先のことなんかも考えないで、考えたとしてもろくに詰めもせず、その場しのぎで生きてきたんじゃないかと思います。そこは僕の姿勢とは、ちょっとちがいます。

でも、彼のその、その場のしのぎ方が、ひたむきというか、純粋というか。ある種の真剣味みたいなところに、訴えるものがありました。

団地での芝居を見た時に、すぐに、これはダメだと直感しました。でも、そんなふうに熱いものを感じたのも事実だったので、それを伝えて、ねぎらうつもりで、助手席の彼に、腕時計を渡しました。

「やるよ。コンドウを演じてくれたギャラだ」

そして、あの役者魂みたいなもの、彼にはそれしかないんですが、逆に、それがあることが天分といえなくもないので、僕なりに、励ましました。

「もう少し、死なないでがんばれば。金がないくらいで、死ぬこたないよ。役者の才能だって、ないわけじゃないと思うぞ」

すると、

「金がないくらいで死ぬかよ。もう慣れてる。役者の才能だって、捨てたもんじゃないと思ってるし」

「じゃあ、なんでだ」

「もっと、情けないんだよ、俺は」

「もしかして」

どうやら、彼女にフラれたことが原因だったらしいです。それでつい、

「女で死ぬやつが本当にいるんだな」

と笑ってしまった。でも、彼は、

「いつかかならず結婚するって、決めてたんだ」

と、真剣そのものでした。

アパートに着いて、彼を降ろすと、彼は、ボロアパートをちょっと見あげて、それから言いました。

「あんた、俺の人生もらうって言ったよな」

「……ああ」

「それは、あの女の人のためじゃなかったのか？」

そのとおりでした。

香苗さんは、桜井武史として生きる僕を、結婚相手に選んでくれました。

だから、このまま桜井武史として生きれば、一緒に過ごしたかけがえのない二カ月間を失わずにすむし、これからもずっとつづく。

なんて、本気で考えていて。

彼の人生を、あのまま盗む気でいたんです。

あなたをだますつもりでじゃなかったんですが、結果はそうなる。そんな妙な手を使うような男が、そばにいていいわけがない。

記憶が戻った僕を見る、あなたの怯《おび》えた表情で、それがよくわかりました。だから、二度と会ってはいけない。このまま消えなきゃいけない。

そう必死に自分に言い聞かせている時で。

「俺のこと笑えんのか」

と言われましたが、そりゃそうです。ええ、とても笑えたもんじゃない。

彼は、僕からの仕事料を手に、部屋への階段をのぼっていきました。

その腕時計以外、なにも変わらない、以前の桜井武史として。

「ルル!」と並びの部屋のドアが開き、若い女性が逃げ出した猫を追って出てきました。

のどかで、平穏な、あたりまえの景色だと思いました。

地位とか金がなくても、なにかを愛しながら生きている、ふつうの人たちのふつうの景色。

彼は朽ちたドアを開け、その中に、あたりまえにとけこんでいく。

すべてが元どおりに戻されていくのを感じて、僕も、以前と変わらない自分に、自分自身を引き戻すように、マンションへと向かい始めたんですが……。

山崎さんは、鼻をすすりながら、濡《ぬ》れてぐちゃぐちゃのハンカチを手でいじくった。

綾子さんは、これみよがしに、四本目のタバコに火をつけていた。

長い前置きがようやく終わったのだろうと、私は山崎さんにティッシュを渡し、

「それで？」

と話の先をたずねた。

山崎さんは、すいませんと言って鼻をかむと、深く息を吸いこんだ。

私は、緊張して、構えた。

「僕は、記憶を失《な》くし、惨憺《さんたん》たる境遇を、心細く、悲嘆を押し殺して過ごしていたはずなのに、幸せな日々でした。十五時間前、お父さんの部屋でベートーベンの弦楽四重奏曲を聴くまでは」

まだ、前置きがつづいていた。しかも、時間がさらにさかのぼった。

「あの曲は、十月六日に、岩城社長殺しを演じた時も、車の中で聴いていました。いつもの習慣で。あれを聴くと、自分がコンドウになりきっていくというか」

またさかのぼってしまった。

「次の日に、岩城社長を送り届けた沖縄から戻り、空港から自宅へ運転している途中、渋滞にはまって、イライラして、手や時計に血糊《ちのり》がついているのにも気がついて、ま

すますうんざりして、それで、通りすがりの風呂《ふろ》屋に入ったんですが、その時もまだ、カーステレオから流れていて」

そういう、こと。

父の部屋で聴いたあのレコードが、記憶が戻る誘因だったのだ。

「でも、僕は記憶を取り戻しましたが、あの日までの自分には戻れません。あなたとの出逢《であ》いで、生きる必然性が変わってしまったというか。戻るべきアイデンティティを失ったというか、こわれたというか。だから、訊《き》きに来ました」

さすがに、だからなんでしょうかと喉《のど》まで出かかった時、山崎さんは言った。

「結婚していただけませんか」

「……」

「新しい人生を、一緒に歩いてくれる人になってもらえませんか。最初から、最後まで」

「……」

「もう、なってますよ」

ホッとした私は、それから、前に大きく二歩、踏みこんだ。

そして、広い背中に、腕を回した。

耳をつけると、胸の鼓動はすごい速さで、横隔膜がひっきりなしにけいれんして呼吸がうわずり、喉が鳴って、鼻をすすっていて、山崎さんは、本当にこわれているみたいだった。

今度は私が包んでいるような気持ちで、そのあたたかな四重奏を聴いていた。


「悪かったわねえ」

山崎さんが帰ったあと、廊下を歩きながら、母さんが言った。

「あんな玄関先で。お茶も出さないで」

「もう遅いから。明日は早いし」

「そうね。いい人を選んだわね」

「うん。母さんもでしょう」

「そうねえ。選んだというよりは、むしろね」

「なに？」

「疑わなかったのよ。なにがあっても信じたの。それ以外の幸せのメソッドって、母さんは知らなかったから」
母さん。
「早く寝なさい。おやすみ」
「ありがとう。おやすみなさい」
部屋に戻ると、そのまま寝じたくをした。
なにがあっても信じること。
この世界に、何十億と存在する、なにかを信じようとするハート。
その数だけ幸せはある、ということでもあるのだろう。
桜井さんには、桜井さんの。
工藤さんには、工藤さんの。
綾子さんには、綾子さんの……。
綾子さんは、岩城社長を愛しているのではなかったそうだ。
岩城社長が生きていると知っても、喜ばなかったらしい。
綾子さんの幸せは、きっと、息子さんとお金だったのだろう。
でも、それがまちがった幸せだとは、たぶん、だれにも言えない。
谷口さんや大谷さんには、裏社会オタクとしての。村上さんや藤木チーフには、彼女たちだけの。

合コンで結婚相手を探す人たち。ヤクザのチンピラを一生懸命やっているおじさんや、若い男性。結婚していくリカさん。

夢を捨ててサラリーマンになった桜井さんの友達も、みんなみんな。

でも、明日という日に、世界中のだれよりも幸せなのは私だろうと、まちがいなく信じられてしまう。

この気持ちが、明日、ウェディングベルに乗り、天国の父さんに届きますように。

したくを終わらせた私は、壁につるしたウェディングドレスを、ちょっとながめ、それから、部屋の電気を消す前に、サイドテーブルに伏せたままの本を手に取った。

最後のページだ。


ここまで読んでくれたあなた。

結婚、おめでとう。

あとひとつだけ、最後の約束聞いてくれる?

YES。

ありがとう!

それでは、この本を、このままゴミ箱に捨ててください。

あなたはもう、なにかに頼らなくても、だれかに従わなくても、自分が思う幸せに向かって、まっすぐに歩いていけるから。

最後に信じるもの、それは、今、この本を捨てようと決意したあなた自身。

新しい自分。新しい生活、新しい人生。

すべてを信じて——さあ、始まるよ！


『処分品』の箱に本を入れた瞬間、柱時計がモーツァルトのきらきら星を奏で、時刻を知らせた。

十二月十四日、午前零時。

新しい、山崎香苗の人生が始まる。

※※※※※

やったぁ！
いよいよ、始まる！
ペンを原稿用紙の上にほうり投げて、んーッとノビをした。
やっと終わった。序章にあたる部分、香苗さんの語り。
明日から、ついに本番に入れるゾ。
ああんもぉ、ウレシくってゾクゾクしちゃう。
いよいよここからが、ホントの始まりなの。
この、めちゃくちゃステキな恋のものがたりは。
だから、ここまでの香苗さんの語りは、正直言うとイマイチ気持ちが入らなくて、
でも、どうせ序章のイントロだからいいかと思って、この本をパクッてチャチャッと

終わらせてしまった。

『ゼッタイ結婚したい女のコのための☆最短！　最強！　パーフェクトメソッド』

ずっと前に古本屋さんで買ったコレ。あんまり売れなかった本みたいだから、気づく人もいないと思うしネ。

すごくいい本なんだけどなぁ、あたしのバイブル。

この本のおかげで、始まったんだもん。

武史クンとあたしのラブストーリー。

「ニャー」

「ルル」

ルルを抱きあげる。

ごめんごめん、ちがったね。ルルのおかげ。

あの時、ルルが連れてってくれたんだもんネ、武史クンのお部屋に。

十二月一日の朝。

ゴミを出そうと玄関のドアを開けたら、ルルがパッと逃げだして、あわてて追いかけた。

武史クンは、ちょうどその時、あの事件をかたづけて、帰ってきたばかりのところ。

あれだけの活躍をした直後だもん、ぼおッとしてたの、わかる。二〇二号室のドア開けっぱなしだった。

ルルをつかまえようと、おそるおそる、中をのぞいた。そしたら、武史クンがいて。ルルを抱きあげて、「かわいい猫だネ」なぁーんて、めっちゃくちゃカッコいいこと言ってくれちゃったりしたのだ……しかも、あの、トロケるような甘ーい表情で。

その笑顔を見た瞬間、キューン！　って胸が音を立てた。

信じられないくらいアッというまに、あたし、底なしの恋をまっさかさま。胸がキュンキュン痛くてどうしようもなくて、この本のとおりに、勇気をふりしぼって逆ナンパしてしまった。

そのあと、うちでいっしょに朝ごはんを食べた。ただのトーストだけだったけど、めっちゃくちゃおいしそうに食べてくれた。なんか思い出したみたいに、ちょっと泣いてた。

あたし、知らない人としゃべるのは怖くて、知ってる人でもあんまりじょうずにコミュニケーションが取れなくて、ひとりで詩とか恋愛小説を書いているのが好き。

でも、この人とならうまくやっていける！

そう思った。

それから、あたしたちの幸せな日々が始まった。

いろんな話を聞いた。いろんなコト、話した。いろんなコトを語りあって、ふたりのあいだに、いろんなコトが起こっていった。

世界一ステキなラブストーリーを、ふたりで作りあげていった。

だから、ゼッタイゼッタイ、それを書きたくて。

武史クンがあたしのために、一生懸命に売りこんで、こんな大きなチャンスをつかんでくれたんだもん、世界でいっちばーんステキな本にしたいッ。

恋にキズついてばかりで、恋におくびょうになってしまった、ちょっと前のあたしみたいな女のコたちが、勇気と希望を持てるような、そんな本。

大谷編集長は、あの事件の実話、武史クンが、すごい手腕で殺し屋のコンドウを助けたり、武史クンが、ふつうの人にはとても思いつかない完璧《かんぺき》な策略でヤクザをふりまわしたり、つまり、武史クンが大活躍した事件のノンフィクションとして出版を考えてるのは、武史クンから聞いた。一応、わかってる。

でも、あたしの考えは、ちょっとそういうのとはちがうから。

裏社会の人たちだろうと、地味な便利屋さんだろうと、男の人の人生を女のコがロマンチックに染めあげちゃうってことのほうが、ずっと世の中の人のハートを惹《ひ》きつけるはずだし、読んだ人のタメになる。あたしはそう思う。大谷編集長だって、読めば納得してくれると思う。

　香苗さんは、あたしから見ると、女のコっぽさが足りないっていうか、ヒロインとしての素質に、ちょっと欠ける。だいいち、事実をすっかり自分のいいように解釈してしまっているし。

　好きな人のことをよく思いたいっていう気持ちはわかるけど、そういう個人的な主観で話されたものを、メインストーリーにするのは、どうかなぁと思う。

　だから、こんなふうに、香苗さんと山崎さんの結婚話を、前フリの序章として使う分にはぎりぎりありだ。

　これから、もっともっとあたりまえの、どこにでもあるのにロマンいっぱい夢いっぱいの、ステキなものがたりになっていく。

　あたしの詩集、駅前とかで自分で売るやつ、武史クンは、いっつも、ものすごーくホメてくれる。

　ホントは、長い文章を読むのが苦手だからなくせに。ちゃんとわかってるよーだ！

でも、そういうコドモっぽいところも、とってもカワイイ。

　あんな、怖いくらい非のうちどころのないステキな人と出逢《であ》えて、あたし、なんて幸せなんだろう。

今までは、信じた人みんな、結局クチばっかりの、夢人間だったけど……。

武史クンは本物。役者さんとしてブレイクするのも秒読み。あたしにはわかる。

「ニャー」

「ルル」

あ。帰ってきた！

「武史クン。おかえりなさい」

「ただいまーっ」

「えっ。どうしたの、これ」

「もちろん、買ったのさ。通りかかった店で見て、どうしても欲しくなって」

「ウェディングドレス。高かったでしょう。お金は？」

「売った。腕時計。あんなのよりか、こっちのほうがはるかに俺たちにとって価値があるよ。じつは今日、新しい仕事が決まっちゃってさ。俺の役、なんだと思う？　隣人だよ隣人、主役の隣人A」

「えーっ。武史クンすごい。すごく主役に近い」

「だろ。隣人が隣人だったというそのことが、主人公の人格形成に、どんな影響を及ぼしているか。どんな影響を及ぼすべき隣人か。そういう深い役作りで、主人公に心理的アプローチをしていくつもりだ」

「あたしの予感、当たるんだけど……あの隣人を次の作品で抜擢《ばってき》しよう、ってコトに、なりそうな、気がする」

「まあな。だが、今はとにかく、目の前の仕事を精いっぱいやるだけだ。がんばって、一日も早くこれを着せてやんなきゃと思ってさ、自分を奮い立たせるために買ってきた。きれいだろ」

武史クン。

「……あたしも、がんばる。ぜったいベストセラーになる自信ある」

「……泣くなって」

「……だって」

また、ステキすぎるエピソードが増えてしまった。

武史クンといるかぎり、あたし、永遠にこのストーリーを書きつづけてたりして。

それでもいっか。

いつまでも、夢の中。

「ね」

「ん？」

「ねっ」

「うん」

なにを言っても、ニコッてうなずいてくれる。

桜井武史クン、三十五歳。

優しくって、純粋でカワイくって、いつもひたむきな、あったかい人。

これから世界にはばたく、俳優さんのたまご。

そして。

「ルル。こら降りなさい。武史クン疲れてるのよ、重たいでしょ」

「いいよいいよ。甘えん坊だよなあ、ルルは」

「あんなにひとみしりだったのに」

「飼い主にそっくりだね」

そうなの、マイダーリン。

大好きよ――すご腕の、ハート泥棒さん。


〈了〉

あとがき

すべての恋愛は女が仕掛けて女が終わらせている、と聞いたことがある。たとえ、男性がアクションを起こして始まった恋だろうと、じつは見えない糸でその誘いを女が引きよせた。恋が始まるように女が無意識に仕向けているのだと。

もちろん、意識的に捨て身の逆ナンパなどすれば、そりゃまあ、短いにしろ長いにしろ、交流が生まれる確率は高そうだ。

つまり、男女関係、恋愛という人生の最も美味な部分は、女が運営管理する分野だということ。

異議を唱える男性もおいでだろうけれど、勇気づけられるうれしい説で、女としてはこの仮説を大いに支持したい。

エンターテイメントムービーの天才・内田けんじ監督の待望作『鍵泥棒のメソッド』では、その個性豊かでアクティブな男性たちの魅力、スピーディにくりひろげられるサスペンスフルな展開、スクリーンの至るところにちりばめられた極上のユーモアセンスに、またしても、たちまち心を奪われてしまった。

手厚くもてなされたような最高にいい気分に酔ってしまって、ついうっかりしていた。

小説版を書くにあたってお会いした際、内田監督が、なにげなくこんなことをおっしゃったのだ。

「登場人物の男たちは、みんな女性によって人生が変わっちゃってるんですよ」

そうか。そういえば。

器用貧乏がもとで前妻に逃げられ、実直な便利屋から裏道稼業へと転向した山崎（コンドウ）。

別れた彼女からの結婚報告に、あっさりと生きる意欲を失くした桜井。

クールでキレ者のこわもてでありながら、まんまと愛人に足元をすくわれ、それでもまだ想いを残すヤクザの工藤。

このハートブレイカーたちの、（ちょうどベートーベンの弦楽四重奏のような）ずっしりしーんとした重暗さに、小鳥のように愛らしく迷いこんできたのがヒロインの香苗だ（まさにモーツァルトのピアノソナタのような気持ちのいい波長で）。

彼女は意識的に恋愛・結婚の分野に挑むのだけれど、物質的な打算なしに自分の信念に従って男性選びをしていく。こんなピュアな女性に信じてもらえたら、山崎に限らず、桜井だって工藤だって、「健康で努力家」の夫になってしまいそうだ。

それこそ、恋愛世界を運営管理するべき女の技量、ようするに、無意識の女子力だ。

こうした男女の真理（にちがいない！）を、さりげなく、なにげなく見せる内田監督の〝粋《いき》〟がカッコいい。

この映画の〝粋〟は、ほかにも山ほど隠されている。わき役のひとりひとり、場面のほんの隅っこにも、内田監督はきっちりと必然を用意している。一度観ただけではうっかり見落としてしまうかもしれない。

作品中のヒダを一枚一枚開いてまわったら、枚挙にいとまがないけれど、ようするに、メインストーリー以外にも、多様で多彩な人間模様がひそんでいるということ。

深いのに、それを押しつけないから、だれが観ても気持ちよく楽しめる。

男も女も、若い人、幸せな人、そうでない人も、みんなが手厚くもてなしてもらえる。

それでいいのだろうし、そこがすごい。

だから、この小説版は、『鍵泥棒のメソッド』という作品のヒダを、一部分開いてみたにすぎない。

恋に臆病《おくびょう》な女の子たちに、ぜひじっくりと見てもらいたい部分で、前出の仮説をますます自信を持って支持したくなるような、女としては、最も美味に感じた部分だ。
そう、香苗の姉・翔子の言うとおり、きっと「自分が決めるだけ」の問題なのだ。
香苗のように、ちゃんと恋をして、好きな人と一緒に生きていけるかどうかは。

麻井　みよこ

本作品は内田けんじ脚本・監督による映画『鍵泥棒のメソッド』を
小説化し、文庫用に書き下ろしたものです。

鍵《かぎ》泥《どろ》棒《ぼう》のメソッド

麻《あさ》井《い》みよこ

角川文庫 17530

平成二十四年八月二十五日　初版発行

発行者―井上伸一郎
発行所―株式会社角川書店
東京都千代田区富士見二―十三―三
電話・編集（〇三）三二三八―八五五五
〒一〇二―八〇七八
発売元―株式会社角川グループパブリッシング
東京都千代田区富士見二―十三―三
電話・営業（〇三）三二三八―八五二一
〒一〇二―八一七七
http://www.kadokawa.co.jp
印刷所―旭印刷　製本所―ＢＢＣ
装幀者―杉浦康平

あ 57-1　ISBN978-4-04-100435-7　C0193

角川文庫発刊に際して

角　川　源　義

第二次世界大戦の敗北は、軍事力の敗北であった以上に、私たちの若い文化力の敗退であった。私たちの文化が戦争に対して如何に無力であり、単なるあだ花に過ぎなかったかを、私たちは身を以て体験し痛感した。西洋近代文化の摂取にとって、明治以後八十年の歳月は決して短かすぎたとは言えない。にもかかわらず、近代文化の伝統を確立し、自由な批判と柔軟な良識に富む文化層として自らを形成することに私たちは失敗して来た。そしてこれは、各層への文化の普及滲透を任務とする出版人の責任でもあった。

一九四五年以来、私たちは再び振出しに戻り、第一歩から踏み出すことを余儀なくされた。これは大きな不幸ではあるが、反面、これまでの混沌・未熟・歪曲の中にあった我が国の文化に秩序と確たる基礎を齎らすためには絶好の機会でもある。角川書店は、このような祖国の文化的危機にあたり、微力をも顧みず再建の礎石たるべき抱負と決意とをもって出発したが、ここに創立以来の念願を果すべく角川文庫を発刊する。これまで刊行されたあらゆる全集叢書文庫類の長所と短所とを検討し、古今東西の不朽の典籍を、良心的編集のもとに、廉価に、そして書架にふさわしい美本として、多くのひとびとに提供しようとする。しかし私たちは徒らに百科全書的な知識のジレッタントを作ることを目的とせず、あくまで祖国の文化に秩序と再建への道を示し、この文庫を角川書店の栄ある事業として、今後永久に継続発展せしめ、学芸と教養との殿堂として大成せんことを期したい。多くの読書子の愛情ある忠言と支持とによって、この希望と抱負とを完遂せしめられんことを願う。

一九四九年五月三日